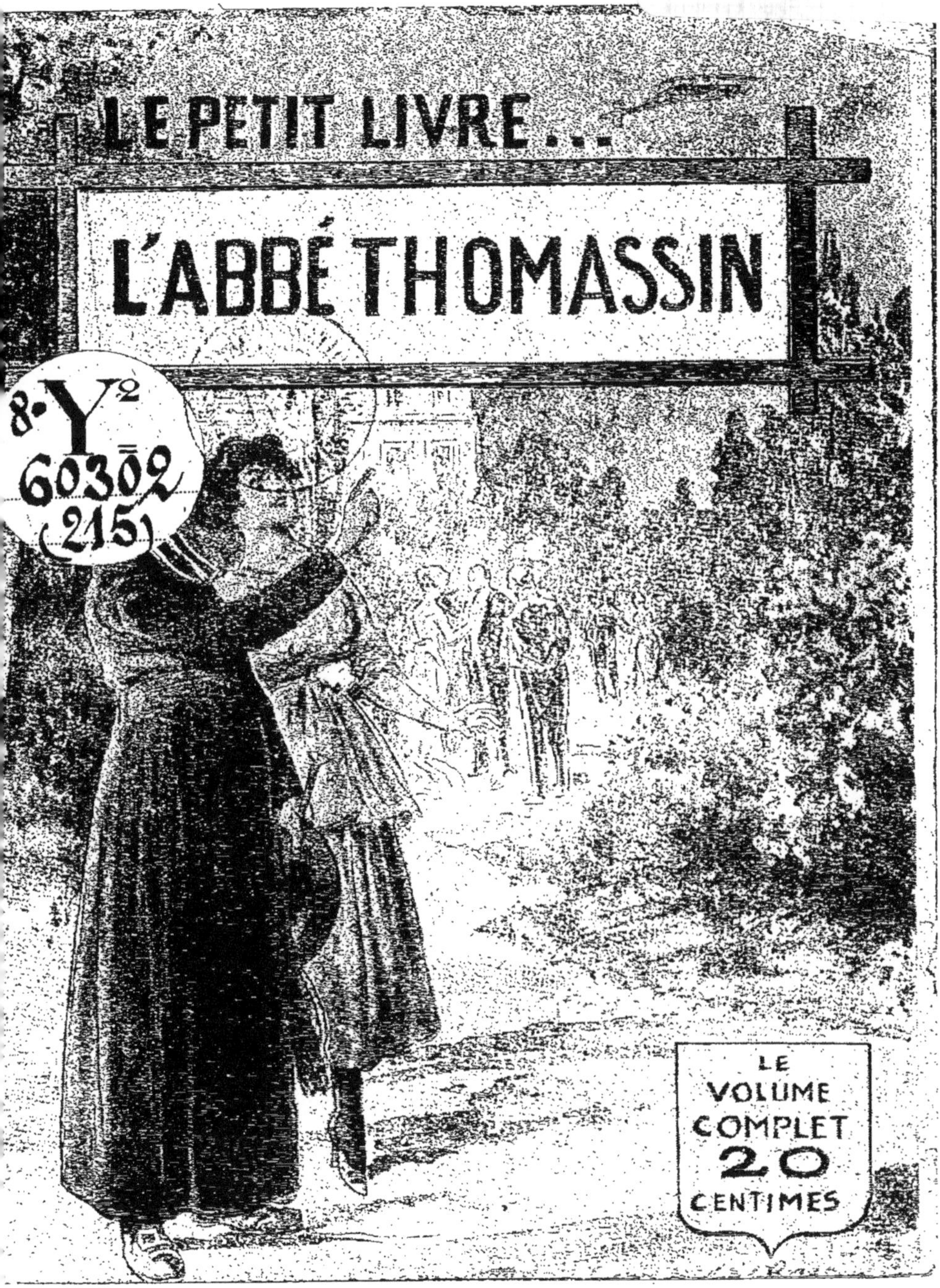
LE PETIT LIVRE...
L'ABBÉ THOMASSIN
LE
VOLUME
COMPLET
20
CENTIMES

H.-R. WOESTYN

L'ABBÉ THOMASSIN

ÉDITIONS J. FERENCZI

PARIS

L'ABBÉ THOMASSIN

ROMAN INÉDIT

Par H.-R. WOESTYN

CHAPITRE PREMIER

— Tant pis pour vous, m'sieu le curé, tant pis pour vous ! s'écria la vieille Félicie, en disposant le plat sur la table.

« Si le rôti de veau est trop cuit, les carottes trop brûlées, vous n'avez qu'à vous en prendre à vous...

« Mon déjeuner était prêt pour midi juste, mais comme à l'ordinaire, monsieur le curé arrive en retard !...

« Et se plantant les deux poings sur les hanches, en face du bon vieil abbé qui, lentement, glissait le coin de sa serviette dans son col de soutane, elle s'écria :

— Voyons, c'est-il des heures pour rentrer ?... Je vous demande un peu, m'sieu le curé !...

« Une heure qui vient de sonner à l'église...

— En êtes-vous bien sûre, Félicie ? demanda le bon prêtre, en commençant de découper le rôti... Ne serait-ce point la demie de midi ?

— Oh ! que nenni !... J'me suis pas trompée...

— Alors, il n'y a plus rien à dire... Je veux bien vous croire... Il me faut reconnaître que je suis en retard...

— C'est encore heureux !... Vous me feriez bien passer pour une menteuse !...

— Moi ? répliqua l'abbé Thomassin, la bouche pleine... Si on peut dire !...

« Le rôti est excellent... Les carottes succulentes, et ce vin clairet...

— Toujours le même, m'sieu le curé... Nous n'en avons pas d'autre en cave...

« Ah ! bien sûr que ce n'est point comme chez les gens du château !...

— Chez M. Walter Melvil, voulez-vous dire...

— Oui, reprit Félicie qui, les bras croisés, devenait agressive maintenant,

« Parfaitement... chez cet Américain qui, depuis peu, est venu s'installer ici, au château de Grancey, dont il s'est rendu acquéreur l'an dernier...

— Allons, vous voici de nouveau partie en guerre contre M. Melvil et sa fille !...

— Non, non, m'sieu le curé, je n'ai rien à dire contre la jeune Américaine.

« C'est bien la meilleure des femmes... Et intelligente... Et bonne... Ah ! en voilà une qui ne fait pas de manières !...

— Alors, c'est au père de miss Dolly que vous en voulez ?...

— A lui non plus, le pauvre cher homme !...

— Alors ?...

— Je leur reproche, quand vous allez au château, de vous retenir à causer, à bavarder, sans que vous vous aperceviez de l'heure et que le dîner brûle ici... Voilà ce que je leur reproche !...

— Ma bonne Félicie, répliqua l'abbé Thomassin, en achevant son repas, il vous faudra bien convenir que vous êtes d'une criante injustice...

— Ah ! par exemple, m'sieu le curé !

— Oui... oui... c'est comme je vous le dis !... M. Melvil et sa fille sont la bonté même.

« Ils ne se lassent pas de faire du bien dans le pays, et chaque fois que je leur ai signalé la moindre infortune, ils sont aussitôt venus la secourir...

— Je le sais bien, m'sieu le curé, interrompit Félicie, mais ce n'est pas une raison pour que mes rôtis...

— Brûlent ? Je le comprends fort bien...

« Ce matin, pourtant, il n'y a pas de ma faute...

« Il s'agissait de la pauvre mère Madoré... Vous savez bien... La femme à Madoré, qui est restée veuve avec trois enfants...

— J'y suis !... J'y suis...

— Eh bien, ils étaient à la veille d'être expulsés de leur humble logis...

« Il fallait bien leur venir en aide...

« Le pouvais-je, Félicie ?... Le pouvais-je ! ajouta l'abbé Thomassin, dont les yeux se remplissaient de grosses larmes...

— Non... bien sûr... bien sûr !...

— Il m'a donc fallu m'adresser aux bienfaiteurs du pays... A ce M. Melvil et à sa fille...

« D'où mon retard qui me force à faire à ce rôti ainsi qu'à votre excellente cuisine, Félicie, des excuses qui, pour êtes plates, n'en sont pas moins très motivées...

— M'sieu le curé ! s'écria la vieille bonne, en levant les bras au ciel... Quoi c'est-il que vous allez nous chercher là, à c't'heure ?...

« Vous n'avez point à vous excuser...

— C'est encore heureux, ma brave fille !... Enfin, voilà... M. Melvil m'a promis de s'occuper de la mère Madoré et de ses enfants... Miss Dolly doit aller les voir aujourd'hui même et leur porter les premiers secours...

« Les voici donc sortis d'ennui...

« C'était le principal... Maintenant, Félicie, ma pipe, mon tabac, mes allumettes, et laissez-moi faire mon petit somme d'après déjeuner, comme au temps où, pour le moins millionnaire aux colonies, je faisais une douce sieste, l'après-midi...

— Ah ! pour sûr, m'sieu l'curé ! s'écria la vieille servante, en disposant tout l'attirail de fumeur sur une petite table. Pour sûr et certain que vous l'avez bien mérité de vous reposer un brin, après tout le mal que vous vous donnez ici, à Rozans !...

« Si encore vous en étiez récompensé !...

— Je crois bien avoir la gratitude de mes paroissiens...

— Ah ! pour ça, c'est vrai !... Mais il y en a aussi qui ne sont pas des paroissiens ou de ben mauvais et qui ne regardent pas à dire...

— Quoi donc ?

— Oui... Enfin, on sait c'qu'on sait...

— Mais encore ?... Félicie, prenez garde de commettre le péché de médisance...

— Le bon Dieu, m'en garde !...

— Alors... Voyons... Que savez-vous ?... Qu'avez-vous appris ?...

— Et la curiosité, m'sieu le curé, c'est-il un péché ?

— Bien véniel, Félicie... bien véniel... Voyons, contez-moi cela...

— Paraît, m'sieu le curé, reprit la vieille servante, qu'vous auriez censément idée d'marier votre neveu avec mam'zelle Melvil, à cause qu'elle aura des millions, un jour... Même que c'est un ben beau parti...

— Moi ? s'écria l'abbé Thomassin, en se retournant vivement sur son fauteuil, le visage rouge d'indignation.

« Mais, c'est une odieuse calomnie !...

« Je me demande un peu qui a bien pu dire cela ?...

— Oh ! personne directement... C'est un bruit qui court dans l'pays, v'là tout !...

— Roger, reprit le vieux prêtre, à un bel avenir devant lui, comme officier d'abord et parce qu'il s'occupe d'aviation militaire ensuite, c'est entendu...

« Mais n'ayant aucune fortune, il ne saurait prétendre à la main de miss Dolly, la fille unique de M. Walter Melvil.

« Et loin de favoriser un| pareille union, je serais le premier à la déconseiller...

— Pourquoi ?

— Parce que... parce que miss Dolly d'abord appartient à une religion autre que celle de Roger, ce qui, pour moi prêtre, est une très importante question.

« Il est évident que si mon neveu y passait outre, je n'aurais qu'à m'incliner, les choses du cœur aujourd'hui ayant malheureusement tendance à passer avant toutes autres...

« Mais, en dehors même de cette question de principes religieux, il en est une autre aussi...

— Quoi donc ?

— Ce que je vous disais tout à l'heure, Félicie... L'inégalité de fortune qui existe entre ces deux enfants !...

« Je suis certain que jamais Roger n'accepterait un pareil mariage !...

— Sait-on ? répliqua Félicie, en esquissant un sourire malicieux...

« Not' 'M. Roger n'a pas encore vu la demoiselle américaine...

— C'est vrai...

— Elle non plus...

— Naturellement !...

— Y pourrait ben s'faire qu'ils se plaisent l'un à l'autre !...

— Quelle idée !...

— Ah ! dame, ma foi !... Le lieutenant est ben beau garçon et mam'zelle Dolly ben jolie...

— Félicie, s'écria le vieux prêtre, je crois,

ma parole, que vous perdez la raison... Et je suis bien bon d'écouter toutes ces sornettes...

« Si l'on vous reparle de tout cela dans le pays, vous aurez l'obligeance de faire taire les mauvaises langues... Et je crois bien que, pour plus de sûreté, je ferai en chaire mon prochain sermon sur les dangers de la médisance...

« Ça leur apprendra, à mes paroissiens, à faire des suppositions qui n'existent que dans leur imagination !...

« Maintenant, Félicie, retournez à votre cuisine, et laissez-moi la paix avec toutes ces sottes billevesées !...

« J'ai à lire mon bréviaire...

— C'est bon, m'sieu le curé, grommela Félicie, en s'éloignant... Faut point vous mettre en colère... C'est un péché capital, ça !...

Mais le livre de prières glissa bientôt des mains du vieux prêtre sur ses genoux, et les yeux mi-clos, il se prit à songer à ce que Félicie venait de lui apprendre...

CHAPITRE II

L'abbé Thomassin, curé de Rozans depuis de nombreuses années déjà, était universellement estimé dans le pays, autant pour sa bonté proverbiale que sa bonhommie naturelle, qui le faisaient aimer de tous.

Il avait atteint la soixantaine, et ses cheveux blancs, dont on apercevait les boucles sous son chapeau, lui donnaient avec son visage un peu haut en couleur, l'aspect général du bon vieux curé de campagne.

Par les routes, ou longeant les champs, jamais il ne passait les gens de Rozans sans leur adresser la parole, les connaissant tous et s'intéressant à leur santé comme à leurs soucis ou leurs misères.

Ces dernières, du reste, quand elles lui étaient signalées, ne manquaient jamais d'être secourues.

Le plus souvent, il prélevait sur sa petite fortune personnelle, pour venir en aide aux malheureux, mais si la détresse était vraiment trop grande, il se mettait en campagne et allait selon son expression — « faire la guerre aux riches ».

Ceci consistait, pour lui, à se rendre dans les châteaux voisins de Rozans où il plaidait la cause de ses pauvres, sachant apitoyer les heureux de la vie au sort des miséreux...

Et jamais il ne revenait à la cure sans avoir prélevé une honnête dîme.

Parmi ses plus généreux donateurs, l'abbé Thomassin comptait principalement Walter Melvil et sa fille, miss Dolly, venus depuis peu s'installer dans la propriété de Grancey, dont ils s'étaient rendus acquéreurs, l'année précédente.

Melvil, bien découplé, puissamment fort, approchait de la soixantaine également, et son visage tout rasé, aux traits énergiques, donnait à toute sa personne ce caractère typique de l'Américain, arrivé à force de volonté indomptable à amasser une fortune colossale.

Demeuré veuf, il n'avait jamais voulu se remarier, afin de se consacrer entièrement à sa fille Dolly, qui faisait de son père ce qu'elle voulait.

Sous des allures un peu brusques, et d'un aspect emporté, Walter Melvil était le meilleur homme qu'on pût rencontrer, aimant Dolly par-dessus tout au monde.

Pour lui complaire, il s'était décidé à venir en France, et après une année de séjour à Paris, avait trouvé à acheter le château de Grancey, qui n'était, à l'époque, qu'un amas de ruines ayant joué leur rôle dans l'histoire.

Dès lors, il résolut de ne pas épargner l'argent pour éveiller là le souvenir du passé, en rendant au manoir des anciens seigneurs de Grancey son prestige de jadis.

Rien ne fut épargné et les travaux demandèrent un fort long temps à exécuter.

Mais sous l'habile direction d'architectes intelligents, le château finit par être reconstitué au milieu d'un parc de toute beauté, qui faisait vraiment honneur aux jardiniers de l'Américain.

En agissant ainsi, il avait autre chose en vue.

Dolly n'avait encore que dix-sept ans, mais il faudrait bien songer à la marier et voulant imiter l'exemple d'autres milliardaires, son ambition était d'avoir pour gendre un prince, un duc ou tout au moins un marquis.

Il rêvait de voir Dolly princesse...

Mais il est bon d'ajouter que cette idée ne souriait qu'à demi à la jeune fille, dont le plus grand souci était de se livrer à ses sports favoris, en compagnie des nombreux invités qui fréquentaient Grancey durant la belle saison.

Dolly avec ses grands yeux bleus et ses cheveux toujours un peu peignés à la diable, était fort aimée dans le pays, où elle s'efforçait de faire tout le bien possible, aidant en cela l'abbé Thomassin, dans ses œuvres charitables.

On la rencontrait souvent dans sa petite charrette anglaise, attelée d'un cob alezan et qu'elle conduisait elle-même, s'arrêtant à la porte de quelque humble masure.

Elle portait des vêtements ou de l'argent aux malheureux, visitait des malades, venant en aide aux pires infortunes.

Son père rarement l'accompagnait, mais malgré sa brusquerie, on savait qu'il s'intéressait également aux bonnes œuvres de sa fille, la laissant entièrement libre de disposer comme elle l'entendait des sommes importantes qu'il lui remettait.

Aussi, n'était-ce jamais en vain que le curé de Rozans avait fait appel aux libéralités de la jeune Américaine, qui avait pour le vieux prêtre un profond respect, mêlé d'une grande amitié.

Il lui en imposait un peu par son caractère sacerdotal, mais elle oubliait bien vite tout ce sérieux, pour amuser, de son rire frais de jeune fille, le brave homme qui ne manquait jamais de se dérider, en entendant son gai babil.

Dolly avait su s'attirer l'affection de la vieille Félicie qui la traitait en enfant gâtée, quand elle venait à la cure.

Certaines cerises surtout, du jardin de l'abbé Thomassin, tentaient toujours la jeune Américaine, et Félicie la laissait venir les cueillir, tenant même le panier qu'elle en remplissait.

Elle lui faisait là, d'ailleurs, une grande faveur, car la vieille bonne du curé, avec son franc-parler était quelquefois fort revêche.

Miss Melvil avait su, par sa gentillesse, gagner ses bonnes grâces et, au fond du cœur, Félicie eût bien voulu que Roger Morinot, le neveu de son maître, vînt un jour à épouser cette belle jeune fille, un parti splendide pour lui...

Depuis plus de vingt ans qu'elle était au service de l'abbé Thomassin, Félicie avait vu Roger grandir, élevé avec soin, grâce à son oncle, le seul parent qu'il eût et qui avait fait tout au monde pour lui permettre d'arriver...

Il était passé par les écoles et portait fièrement maintenant les galons de lieutenant.

L'aviation l'avait attiré, comme tant d'autres officiers, et prenant sa tâche à cœur, il semblait que dans l'avenir tout dût lui sourire...

Des raids importants, faits en avions, avaient mis son nom bien en évidence, au ministère de la guerre : l'on assurait même qu'il était porté pour la croix et gagnerait prochainement son grade de capitaine. L'oncle Thomassin, quand il avait appris la bonne nouvelle, ne s'était plus senti de joie et l'avait annoncée à Félicie qui s'était aussitôt écriée :

— Ah ! m'sieu le curé, vous verrez qu'un de ces jours, vot' neveu va vous revenir général ou colonel !...

« C'est là qu' vous s'rez heureux !... Et puis, faut ben ça !... Vous vous êtes assez donné de mal pour lui, ben sûr !...

— Je n'ai fait que mon devoir ! avait répliqué l'abbé Thomassin, en devenant tout sérieux...

« Roger était l'unique enfant de ma pauvre sœur Marguerite... Il était orphelin... Quoi de plus naturel que son oncle se soit occupé de lui ?...

« Il n'a plus que moi, le pauvre garçon !...

— Et moi ! avait répondu la bonne Félicie... Parce que, c'est par pour dire... C'est un brave homme que m'sieu Roger !... Ah ! dame, oui !...

Souvent aussi, le vieux prêtre avait entretenu Dolly du lieutenant Morinot, et lorsqu'il voyait son nom mentionné dans les journaux, sa photographie reproduite aussi, il mettait soigneusement le numéro de côté, attendant patiemment la première occasion qui se présenterait de le faire voir à la jeune Américaine ou à son père.

Melvil, également, affectionnait la compagnie de l'abbé Thomassin qui connaissait, comme pas un, toute la faune du pays.

Gourmet de gibier, lui-même, bien que ne chassant jamais, il avait indiqué à l'Américain les bons endroits, bien giboyeux, ainsi que les habitudes des animaux — plume et poil — que Melvil, grand chasseur cependant, ne connaissait que relativement peu dans nos régions.

De ces relations continuelles avec le châtelain de Grancey naquit une certaine intimité entre les deux hommes, intimité d'autant plus grande que leur âge même les rapprochait, si les conditions de leur existence étaient différentes.

L'abbé Thomassin, en outre, connaissait à fond l'histoire de l'ancien château, des anecdotes curieuses sur les souterrains, réputés pour être hantés, et des récits sans nombre sur les prouesses des vieux seigneurs de Grancey.

Ayant compulsé des livres sans nombre, il avait été très utile à l'Américain pour la reconstitution de son château.

Un jour seulement, ils avaient failli se fâcher, quand Melvil, voulant faire reconstruire la chapelle à l'endroit même où elle avait dû se trouver, exprima le désir d'y faire célébrer les services religieux suivants le rite anglican, en ayant pour chapelain un révérend pasteur...

L'abbé Thomassin qui sortait de table, à ce moment, en apprenant cette nouvelle, pensa avoir une syncope et quitta le château où il avait été invité, comme s'il eût vu le prince des Ténèbres en personne se dresser soudain devant lui.

Il ne put même pas prendre son repos du soir, tant la colère l'étouffait.

Et Félicie, elle-même, fut toute saisie de le voir dans cet état, sans même oser le questionner.

Un instant, il montra le poing à des ennemis imaginaires, puis se plongea dans la lecture de son bréviaire en marmottant des mots qui n'avaient peut-être pas d'onction.

CHAPITRE III

— Eh bien, monsieur l'abbé, s'était écrié Melvil, quand il l'avait rencontré sur la route, s'abritant sous un grand parapluie des ardeurs du soleil, êtes-vous un peu remis de votre ennui de l'autre jour?...

— Quel ennui ? demanda le vieux prêtre, qui ne songeait même plus à ce qui s'était passé.

— Allons, ne parlons plus de tout cela... Je ferai reconstruire la chapelle du château et c'est vous qui y célébrerez la messe...

— Serait-il vrai ?...

— Vous avez ma parole.

« Ah mais... Au fait, j'ai pensé à vous...

— A moi ?

— Je me trompe... C'est ma fille qui a songé à vous.

— Miss Dolly ?

— Devinez ce qu'elle a fait ?

— Mais... Je ne sais...

— Vous aimez à priser, je crois...

L'abbé Thomassin, se tournant vers son interlo-

cuteur, eut un large sourire jovial qui éclaira ses
traits et, tout bas, murmura :

— C'est mon péché mignon, monsieur Melvil...
Mais qui a bien pu vous dire cela ?...

— Qui ?... Dolly, parbleu !

— Se serait-elle donc aperçue ?...

— Il faut bien le croire, puisqu'elle m'a chargé
de vous apporter cette tabatière dont elle tient à
tout prix à vous faire présent, si vous voulez
bien, toutefois, l'accepter...

L'abbé eut un soubresaut et balbutia :

— Une tabatière ?... Pour moi ?... Et offerte
par miss Dolly encore...

— La voici, répliqua Melvil, en sortant de sa
poche une fort belle tabatière ancienne, dont le
couvercle était curieusement ciselé...

« Elle vous a même gâté, ma fille, car vous
avez là du tabac d'Espagne, comme on en prisait
autrefois, à la cour de vos rois, monsieur le
curé...

— Une tabatière !... Du tabac d'Espagne !...
Vous avez raison... Miss Dolly me gâte vraiment...

Des doigts, le vieux prêtre frappa le couvercle
qu'il ouvrit ensuite, et prenant religieusement une
pincée de tabac qu'il prisa avec délice, il dit à
voix basse :

— Fameux, monsieur Melvil, fameux !... Le
tabac est excellent... Je n'en ai jamais eu de
pareil... Quant à la tabatière, c'est là un objet
d'art comme jamais je n'aurais cru en voir dans
ma petite cure de campagne....

« Dites bien à miss Dolly combien ce souvenir, venant d'elle, m'a profondément touché...

— Vous la remercierez vous-même, car elle ira bien un de ces jours vous conter ce qu'elle fait pour vos pauvres et les siens...

— Miss Dolly est vraiment la providence du pays... Sa bonté est sans bornes...

— Oui... oui... Ah ! pendant que j'y songe... Vous savez la mère Madoré, restée veuve avec des petits enfants...

— Oui... Eh bien ? demanda l'abbé Thomassin, d'un air anxieux.

— Ma fille a fait le nécessaire... Ils ne manquent plus de rien, à présent...

— Vrai ?

— Ils sont à l'abri du besoin, pour le moment, et nous verrons dans la suite ce que nous pourrons faire pour cette intéressante petite famille...

— Miss Dolly est un véritable ange du bon Dieu !...

— Oui, mais un mauvais petit diable aussi, monsieur le curé, quand elle s'y met...

« Est-ce qu'elle ne s'était pas mis en tête, ce matin, d'aller visiter les roulottes de bohémiens, installées sur la route, tout auprès du château ?

— Elle aurait pu faire plus mal... Ces pauvres miséreux...

— Ah ! c'est bien vous, monsieur le curé... Vous allez encore protéger ces bandits-là !...

Et furieux, Melvil se croisait les bras, s'arrêtant net sans le quitter du regard.

— Pourquoi : bandits ?... Ne faut-il pas que

tout le monde vive. Ils ont droit à leur place au soleil, comme vous ou moi...

« Est-ce leur faute s'ils sont malheureux ?...

— Ils ne vivent que de rapine... Toujours prêts à faire de mauvais coups... Pillant nos poulaillers, quand ils ne tentent pas de nous dévaliser dans nos maisons... de nous assassiner si l'occasion se présentait !... Et voilà les gens que ma fille veut aller secourir !...

Melvil eut un haussement d'épaules, puis se remettant à marcher en compagnie de l'abbé, il reprit :

— Ah ! vous savez... Blandin...

— Le père Blandin ?

— Oui... Celui que vous m'aviez recommandé...

— Eh bien ?...

— Je l'ai pris comme jardinier au château...

— Vous avez bien fait... Il méritait bien de trouver du travail...

— Il fait très bien mon affaire...

— Vous voyez, M. Melvil, que vous avez aussi bon cœur que votre fille...

— Non... je n'ai pas bon cœur... C'est elle qui arrive tout le temps à me faire faire ce qu'elle veut... sans jamais vouloir m'obéir...

— Elle ne veut pas...

— M'obéir ?... Non... Quand elle s'est mis quelque chose dans la tête, impossible de l'en faire démordre !...

— Peut-être a-t-elle de qui tenir...

— Sa pauvre mère n'était pas comme cela...

— Non... Mais son père ?...

— Oh ! c'est bien différent... Le père doit voir de l'autorité...

— C'est entendu... Mais...

— Vous allez encore la défendre peut-être bien ? s'écria Melvil en se croisant de nouveau les bras.

— Si elle a tort, non... Si elle a raison, certainement !

— Ah ?... Eh bien, elle a tort !...

— C'est vous qui le dites... Que s'est-il donc passé qui vous mette si fort en colère ?

— Ce qui s'est passé ?... C'est bien simple : Dolly refuse de se marier avec l'époux que je lui avais choisi...

— Voilà qui est curieux...

— Curieux ?... Dites plutôt scandaleux ! Vous serez dans le vrai...

« Mais, au fait, il faut que je vous raconte l'affaire, vous en pourrez mieux juger par vous-même.

« Etant du pays, vous devez connaître la propriété de Mailly ?

— Parfaitement...

— Et celui à qui elle appartient ?

— Le duc de Mailly ?... Certainement...

— Vous ne devez pas ignorer alors que le duc Hubert de Mailly est un sportman accompli... cavalier audacieux... grand chasseur... le type en un mot du gentleman...

— Oui...

— Cherchant un mari pour Dolly, et voulant

qu'elle tînt son rang dans la haute société en France, comme toutes nos riches héritières américaines, j'avais rêvé de lui donner un prince pour époux...

« Je lui trouve, à défaut de prince, un duc bien authentique et quand je suis venu à lui parler de cette union, savez-vous ce qu'elle m'a répondu ?...

— Qu'elle n'en voulait pas entendre parler !...

— Tiens... Comment savez-vous cela ?

— Je m'en doute.

— Et vous trouvez que ce n'est pas révoltant pour un père de voir sa fille lui répondre ainsi ?

— Non.

— Naturellement, vous allez encore prendre son parti !...

— Oui... Naturellement...

— Ah ! par exemple !... Voilà qui est trop fort !...

— Pas du tout... Vous m'avez demandé si je connaissais le duc Hubert de Mailly... Je vous ai répondu affirmativement... Je le connais fort bien et je vous réponds que miss Dolly n'est pas du tout dans son tort, en le refusant pour mari...

— Pourquoi ?

— Vous n'avez vu M. de Mailly que sous l'une de ses faces...

— Comment !

— C'est un gentleman charmant, l'un de nos meilleurs sportsmen, je n'en disconviens pas.

— Alors ?

— Savez-vous qu'il est complètement ruiné ?

— Oui.

— Que toutes ses terres et jusqu'à sa propriété de Mailly sont grevées d'hypothèques, qu'il n'a pas un sou vaillant ?

— Oui.

— Et c'est cet homme que vous voulez donner pour mari à votre fille ?

— La dot que je destine à Dolly...

— Alors, c'est le nom... le titre... le blason que vous achetez pour cette jeune fille ?...

« Vous ne vous occupez nullement de son bonheur futur ou de son malheur dans l'avenir ?...

« Eh bien, permettez-moi de vous dire, M. Melvil, que j'approuve entièrement le refus que vous oppose miss Dolly d'épouser votre duc !...

« Soyez tranquille, elle a dû bien le juger...

« Les jeunes filles de nos jours, voyez-vous, peuvent être frivoles, mais elles ont conscience de l'existence qui les attend, et celles qui, par un sot mouvement de vanité deviennent ensuite bien malheureuses, n'ont à s'en prendre qu'à elles...

« Les autres — celles qui ont le don de raisonner — savent ne pas se laisser prendre aux miroirs à alouettes, aux titres ronflants, aux blasons dédorés...

« Encore une fois, je ne saurais donner tort à miss Dolly... C'est tout ce que je peux vous dire, M. Melvil...

— Eh bien, moi, monsieur le curé, je vous dis qu'elle épousera le duc de Mailly ! s'écria l'Américain avec un geste de colère...

« Je m'étais promis qu'elle serait princesse...

« Duchesse, n'est pas si mal...

— Et faute de grives, on se contente de merles ! interrompit le vieux prêtre. C'est un vieux proverbe que nous avons dans nos campagnes et qui, laissez-moi vous le dire, est parfaitement juste.

« Le duc de Mailly est un beau merle, je puis vous l'assurer, mais tout bon chasseur que vous soyez, vous ignorez nos grives, monsieur Melvil...

L'Américain n'avait point entendu ces derniers mots, car il s'était éloigné, en donnant un léger salut à l'abbé Thomassin qui continuait à s'abriter du soleil sous son large parapluie.

CHAPITRE IV

— Miss Dolly !... Miss Dolly !... Comment pouvez-vous vous trouver ici, toute seule, sur la route ?

Celui qui venait de parler ainsi était un homme de trente-cinq ans environ, fort élégamment vêtu d'un complet gris.

Il s'était approché, le chapeau de paille à la main, de la jeune Américaine qui lui avait aussitôt répondu, tout enjouée :

— Tiens ! M. de Mailly !... Eh bien, et vous ? fit-elle en partant d'un frais éclat de rire...

Puis, avec une révérence comique, elle ajouta :

— Tout le monde n'a-t-il pas droit à marcher sur le pavé du roi, monsieur le duc ?

— J'aime à voir que vous ne changez pas... Toujours aussi espiègle, miss Dolly !...

— Espiègle !... Si on peut dire !... Vous semblez ignorer que je suis une grande jeune fille de dix-sept printemps, maintenant... Ou plutôt dans quelques jours...

« Car vous ne savez pas que c'est bientôt mon anniversaire de naissance ?...

— Non, je l'ignorais, en effet... Mais je saurai m'en souvenir pour vous envoyer, à cette occasion, de belles fleurs...

— De Mailly ? fit-elle avec une petite moquerie malicieuse...

— Hélas non ! répondit le duc, en ayant un léger haussement d'épaules...

« Ma propriété de Mailly n'a pas été fort bien entretenue durant ces dernières années, elle a même été très négligée, et il y pousse plus de ronces, d'herbes folles également que de roses...

Il se garda bien d'ajouter que cette négligence était du fait d'une grande pénurie, car, ainsi que l'abbé Thomassin l'avait dit à Walter Melvil, le duc était complètement ruiné et n'arrivait à vivre bien difficilement que grâce aux dernières obligeances de certains usuriers, escomptant un riche mariage possible.

— Vous saurez, monsieur de Mailly, que les fleurs les plus simples sont aussi celles que je préfère...

— Je me permettrai donc de vous en apporter une gerbe...

— Le jour de mes dix-sept ans ?... Ah ! c'est gentil... Mais où avais-je donc la tête ?... Moi qui oubliais de vous inviter à la fête que nous donnons à Grancey à cette occasion...

« Vous voulez bien être des nôtres ?...

— Avec le plus grand plaisir, miss Dolly... Ce

m'est toujours agréable d'être en votre charmante
compagnie, vous le savez bien...

— Allons bon !... Encore des compliments...
Décidément, vous ne pouvez pas vous trouver une
seule fois avec moi sans m'en faire ?...

— Ce serait un crime d'y manquer...

— Eh bien, puisque ma société vous charme
tant, vous allez m'accompagner... N'est-ce pas ?

— Volontiers... Où allons-nous ?...

— Vous allez bondir quand vous le saurez...

— Voyons ?

— Je vais visiter des bohémiens...

— Vous dites ? interrogea le duc en remettant à
l'œil son monocle qui venait d'en glisser.

— Oui... oui... Vous avez bien entendu : des
bohémiens...

— Vous voulez rire ?

— Nullement... Il y a là deux ou trois familles,
vivant dans des roulottes ; ces pauvres gens se
sont installés en campement, à proximité du château, et leur misère m'a été signalée par le curé
de Rozans...

— Ah ! l'abbé Thomassin... le nouveau Saint-
Vincent-de-Paul ?

— Lui-même... Pourquoi riez-vous ? C'est un
brave et digne homme que tout le monde aux environs respecte pour sa bonté.

— Je sais...

— Il n'hésite pas, lui, à visiter les gens les plus
malheureux pour les secourir.

— C'est un peu un devoir pour lui...

— C'est un devoir pour tous ceux qui peuvent

le faire... Rien n'est doux comme de soulager les misères humaines et il y en a...

— Ah oui, grand Dieu !... Beaucoup trop même, à mon avis... Mais ne peut-on faire l'aumône en s'évitant le spectacle répugnant des misères sordides ?...

— Vous avez un proverbe français, je crois, qui dit : Pauvreté n'est pas vice...

— Ni crime... C'est vrai, répliqua le duc, en faisant une légère grimace, en se souvenant de la gêne dans laquelle il se trouvait lui-même.

« Enfin, tout cela. c'est une différence d'appréciation.

« Chacun considère les choses à son point de vue.

— Vous avez raison, fit encore Dolly, en se mordant la lèvre pour réprimer un rire.

Puis aussitôt, elle ajouta :

— Alors, vous ne m'accompagnez pas ?

— Mais si... mais si...

— Comment ! Vous ne craignez pas que la vue d'une misère sordide vienne à troubler votre digestion ?

— Vous exagérez...

— Pouah !... Condescendre à visiter de pauvres gens, des gueux et des manants, comme auraient dit vos aïeux...

— Toujours railleuse... Venez, miss Dolly...

« Allons voir ces bohémiens qui vous tiennent tant à cœur.

« Montrez-moi le chemin et je vous suis...

« Avec vous, j'irais au bout du monde...

— Vous croyez ?... Eh bien, ce n'est pas si loin que cela... Tenez, là-bas, près de ce petit bois...

On apercevait, en effet, à peu de distance, trois roulottes, arrêtées au bord de la route.

Les chevaux — de misérables haridelles — maigres à l'excès, dételés et attachés à des troncs d'arbres, broutaient avidement l'herbe, tandis qu'autour d'un feu, des êtres faméliques surveillaient une soupe quelconque qui fumait dans un grand chaudron...

A mesure qu'ils avançaient, le duc de Mailly et miss Dolly pouvaient mieux distinguer cet étrange campement de romanichels...

Le teint bruni, les yeux et les cheveux très noirs, des femmes étaient là, occupées à des travaux de vannerie, et environnées d'une ribambelle d'enfants aux hardes en loques, tandis que les hommes martelaient des ustensiles de fer blanc que les gens du voisinage leur avaient donnés à réparer.

— Tenez, murmura l'Américaine, en indiquant de la main le campement des bohémiens... Regardez si ce spectacle n'est pas apitoyant !...

— Bah ! miss Dolly, ces gens-là ne sont peut-être pas aussi intéressants que vous le pensez...

« Partout où passent les romanichels, ils laissent de détestables souvenirs chez nos paysans, qui les accusent d'être de fieffés maraudeurs, des braconniers et des voleurs...

« Vous voyez ce chaudron, là-bas, sur le feu ?

— Oui.

— Eh bien, sans savoir, je jurerais qu'il y a là-dedans quelque poule, un lapin peut-être, dérobés dans une ferme voisine.

— Si l'abbé Thomassin était ici, il ne manquerait pas de vous faire un petit *speech* sur les dangers de la médisance, monsieur de Mailly, et des jugements téméraires...

« Ah, vraiment, je regrette de vous voir partager ainsi les idées préconçues de mon père...

— M. Melvil ?...

— M. Melvil, s'écria Dolly, dont l'indignation animait le visage, est tout à fait de votre avis au sujet de ces bohémiens...

« Et si je l'avais écouté...

— Eh bien ?

— Je ne serais pas ici !... Ah ! il m'en a dit sur eux, les traitant tous de voleurs...

— Vous voyez bien...

— Oui, je sais...

— Alors, il ignore que vous êtes en route pour les visiter ?

— Naturellement..

— Et vous ne craignez pas...

— D'être grondée ? Non !.., D'abord mon père cède à tous mes caprices...

— Oh ! oh !...

— Et puis, ne suis-je pas libre de faire ce que je veux de l'argent qu'il me donne ?

« Ah ! tenez, ne parlons plus de cela...

« Nous voici arrivés...

« Voyez donc ces amours d'enfants...

Le duc fit la grimace, en répliquant :

— Oui... Mais ils sont bien sales !...

Dolly, sans répondre, se contenta de hausser les épaules, et s'approchant des petits, elle voulut en prendre un pour l'embrasser.

Mais à peine avait-elle fait ce mouvement que tous s'enfuirent, tels un bande de moineaux effarouchés.

Les hommes regardèrent l'Américaine et son compagnon avec des yeux durs, inquiets aussi, comme s'ils redoutaient cette intrusion.

Les femmes, au contraire, s'étaient levées pour venir les unes leur offrir quelques-uns de leurs ouvrages de vannerie, les autres tendre la main, demandant l'aumône.

Ouvrant son réticule, Dolly en sortit quelques pièces d'argent, qu'elle distribua autour d'elle.

Elle achevait à peine qu'une voix bien connue se fit entendre à ses côtés.

— A la bonne heure, miss Dolly, je vous reconnais bien là... Vous n'avez pas oublié mes pauvres...

— Monsieur le curé ! fit-elle en se retournant vivement.

C'était, en effet, l'abbé Thomassin qu'un hasard avait conduit de ce côté...

La vue de Mailly en compagnie de l'Américaine lui déplut, sans qu'il voulut le laisser paraître cependant.

— Croyez-vous que j'ai un galant cavalier ? s'écria Dolly... Le duc que j'ai rencontré, tout à l'heure, a bien voulu m'accompagner et je me suis efforcée de le faire revenir sur la mauvaise opinion qu'il se fait des bohémiens.

— Hum ! Hum ! murmura le vieux prêtre, en souriant... Vous devriez bien faire de même pour M. Melvil...

« Lui, non plus, ne les aime pas beaucoup... Il me le disait encore ce matin...

— Vous l'avez vu ?

— Mais, certainement... Et je dois, du reste, miss Dolly, vous gronder bien fort.

— Moi ?... Pourquoi ?

— Mais pour m'avoir gâté comme vous l'avez fait...

Puis, sortant de la ceinture de sa soutane la tabatière que Walter Melvil lui avait remise le matin, il y prit une prise qu'il huma doucement, en ajoutant :

— Et du tabac d'Espagne encore... Le plus fin qui soit au monde...

« Ah ! monsieur le duc, si vous en usiez, je vous croirais revenu de près de deux siècles en arrière, au temps où nos grands seigneurs chassaient, d'une pichenette, les grains de tabac tombés sur leur jabot...

— Oui, répondit de Mailly, en faisant une moue quelque peu dédaigneuse, mais nous sommes au vingtième siècle et j'ai horreur du tabac...

— Comme des roulottes de bohémiens, ajouta malicieusement Dolly...

« Il faut aux grands seigneurs d'aujourd'hui des parfums plus capiteux...

— La bergamote et le benjoin ne sont plus de mode aujourd'hui, miss Dolly, conclut l'abbé Thomassin en accompagnant le duc de Mailly et l'Américaine, qui quittaient le campement des bohémiens, tandis que ceux-ci, les femmes du moins, les remerciaient avec des gestes de la main.

Le duc, en voyant que le vieux prêtre ne se disposait nullement à les quitter, eut bien un léger mouvement de vivacité, mais il sut heureusement le réprimer aussitôt.

CHAPITRE V.

Quand Walter Melvil apprit, par sa fille, qu'elle avait été visiter les romanichels, contre son gré, il commença, comme à l'habitude, en pareille occasion, par entrer dans une violente colère.

Accoutumé à toujours commander, à être obéi aussi, il ne pouvait admettre de résistance.

Il faisait bien une exception pour Dolly, mais par moments, son caractère autoritaire reprenait le dessus et il se laissait aller à de curieux emportements.

Dans ces cas-là, sa fille avait pour principe de laisser passer l'orage, en opposant à la colère du milliardaire la force d'inertie.

Elle ne disait rien, se contentant de répondre à ses questions jusqu'à ce que l'accalmie se fût enfin produite, ce qui ne tardait jamais, Melvil finissant toujours par s'en vouloir de lui avoir causé la moindre peine.

Son premier mouvement de fureur passé, il ajouta en se calmant :

— C'est ridicule aussi de t'en aller ainsi toute seule, visiter ces gens de sac et de corde, venus on ne sait d'où, courant les routes, à l'aventure...

« Il pouvait t'arriver un malheur, chez de pareils maraudeurs !...

Avec beaucoup de calme, Dolly, tout en tournant tranquillement avec sa cuillère le sucre de sa tasse de café — ils achevaient de dîner — répondit, sans lever les yeux :

— D'abord, je n'étais pas seule, mon père...

— Ah ? interrompit-il, en se croisant les mains derrière le dos... Et voudrais-tu me dire alors qui t'accompagnait ?

Dolly, toujours malicieuse, prenant son temps pour répondre, dégustant son moka, avec une lenteur voulue, finit par dire :

— M. Hubert de Mailly.

Elle n'eut pas longtemps à attendre pour voir l'effet que ce seul nom avait produit sur son père.

Un sourire vint aux lèvres de Melvil, qui murmura :

— Le duc ?

— Mais oui, le duc...

— Où donc l'as-tu rencontré ?...

— Sur la route... Il allait je ne sais pas où... D'ailleurs, je ne le lui ai pas demandé...

« Et quand il a su où je me rendais, il m'a galamment offert de m'accompagner...

— Je le reconnais bien là... Grand seigneur dans toute l'acception du terme...

— Oh ! ce n'est pas que cela lui ait fait tant plaisir d'aller là-bas...

— Je pense bien... Un duc, ma fille, un duc chez des bohémiens !...

— J'y allais bien, moi ! s'écria Dolly, en se redressant brusquement sur sa chaise...

— Toi, mon enfant, ce n'est pas la même chose !...

— Comment cela ?... La fille de Walter Melvil, milliardaire américain, ne vaut-elle pas autant qu'un noble ruiné ?

— Songe un peu qu'il est le dernier descendant d'une des plus nobles familles de France... Il a eu...

— Oui... Je sais... Des ancêtres aux croisades... Sans compter tous ceux qui ont été ministres, maréchaux, conseillers d'Etat... que sais-je encore ? sous les différents régimes...

« Je connais toute la généalogie, et elle ne m'en impose pas du tout...

« J'ai les oreilles rebattues du faste de toute cette haute lignée et j'aime mieux être la fille de Walter Melvil qui a su, par son intelligence, sa volonté et son énergie, gagner une... disons le mot : honnête aisance...

— Dolly, intervint Melvil, tu parles là comme une petite fille...

— Une petite fille ?... qui va avoir dix-sept ans ?...

— Oui... une enfant... Le duc de Mailly, avec

son grand nom, ne manquera pas de trouver quelque riche héritière américaine, heureuse de devenir sa femme...

« N'as-tu pas l'exemple de Maud Jefferson, de Kate Williams et de tant d'autres jeunes misses yankee, devenues princesses ou pour le moins marquises, comtesses ?...

— En sont-elles plus heureuses pour cela ?... N'auraient-elles pas plus sagement fait d'épouser un garçon intelligent, un travailleur...

« Leur immense fortune aurait pu servir à donner un essor nouveau à certaines industries, à de grandes entreprises, à des découvertes, des inventions nouvelles...

Melvil demeura pensif, quelques instants, considérant sérieusement sa fille.

Peut-être bien, dans son for intérieur, admettait-il que sa fille avait parfaitement raison de lui parler ainsi.

Mais il n'était pas homme à le reconnaître.

— Alors, fit-il lentement, en se levant de table pour allumer un cigare, le duc ne te plairait pas comme mari ?...

— M. de Mailly ? répondit Dolly en riant... Pourquoi revenir sur cette question... Je t'ai dit, père, que le duc n'était pas du tout mon idéal...

— Idéal !... Idéal !... Toujours ces idées de jeunes filles évaporées !...

« D'abord, qu'as-tu à lui reprocher ? En quoi lui trouves-tu à redire ?

— Je ne veux même pas aborder ce sujet, père... Il ne m... ... as...

— Voilà !... Il ne te plaît pas et c'est pour cela que tu refuses de devenir duchesse de Mailly !...

— Mais évidemment !...

— Un garçon charmant...

— Que j'ai même invité à la fête que nous donnons pour l'anniversaire de ma naissance...

— Tu vois bien qu'il ne te déplaît pas autant que tu veux bien le dire...

— Je l'ai invité comme nous l'avons fait pour nos amis...

— Je crois que tu ne me dis pas la vérité et qu'au fond du cœur...

— J'ai de l'affection pour lui ?... Ah ! non, par exemple... Tout, excepté cela...

— Il faudra bien que tu te maries, pourtant, un de ces jours...

— J'attendrai d'avoir trouvé...,

— Ton idéal ?

— Oui... mon idéal... Et ce jour-là, tu verras que tu seras le premier à reconnaître que j'avais raison...

— Est-ce maintenant aux petites filles à faire la leçon à leurs parents ? reprit Melvil qui sentait la colère le gagner de nouveau.

Dolly s'en rendit compte et garda un silence prudent, prévoyant qu'un nouvel orage grondait.

— Tu ne réponds pas, Dolly ? fit encore Melvil, tu vois bien que tu es dans ton tort...

Mais la jeune Américaine ne voulait rien voir du tout, ni reconnaître que son père avait raison, comme il le prétendait.

CHAPITRE VI

Mon bon Roger,

Tu n'es pas plus prodigue de tes lettres que de la personne.

Voilà des mois et des mois que tu n'es pas venu voir ton vieil oncle et que tu le laisses sans aucune nouvelle de toi.

Ce n'est absolument que par les journaux qu'il m'est possible de connaître tes prouesses d'aviation.

Je lis alors le compte rendu d'un raid, je vois ta photographie, et je me borne à dire :

« Voilà mon grand diable de neveu qui se couvre de gloire ! »

La campagne est fort belle, en ce moment...

La saison s'annonce comme magnifique, pourquoi ne viendrais-tu pas passer ici quelques jours de congé ?

Tu sais bien que tu seras toujours le bienvenu à la cure...

D'ailleurs, la vieille Félicie te réclame à cor et à cri, car tu sais toute l'affection qu'elle te porte.

Je ne sais pas si je t'ai dit que nous avions de nouveaux voisins à Rozans.

Le château de Grancey, qui fut si longuement en vente, a fini par devenir la propriété d'un richissime Américain, M. Melvil, qui l'habite avec sa fille, miss Dolly.

Il y a fait exécuter d'énormes travaux de reconstruction et Grancey est redevenu ce qu'il devait être au temps jadis.

Le parc est splendide...

Si j'insiste sur Grancey, c'est que les nouveaux hôtes sont la bonté même pour mes pauvres.

Miss Dolly, surtout, une fort agréable jeune fille, qui, d'ici quelques jours, va atteindre sa dix-septième année, m'est d'un aide bien précieux, auprès de mes malheureux.

Alors voyons, mon grand, quand viendras-tu me voir ?

Tu vas me dire que tu es bien occupé ?

Je le sais...

Mais il te serait si facile d'obtenir une permission de quelques jours, pour venir embrasser ton oncle à qui cela ferait tant plaisir...

Et au fait, c'est jeudi que miss Dolly Melvil va avoir ses dix-sept ans... Il y a une fête au château... Rien ne t'empêcherait de venir en aéroplane jusqu'ici...

D'abord, cela me ferait grand plaisir de te voir voler dans les airs...

Et puis, songe à ce que je serais fier des félici-

lations qu'on donnerait au neveu de l'abbé Thomassin...

« Allons... C'est promis... Tu viendras à Rozans
jeudi ? Tu me le promets ?

« Sinon, je te déshérite !...

« Ton oncle qui t'aime.

                                    Abbé Thomassin.

Ce fut au mess des officiers que Roger Morinot reçut cette lettre, comme il achevait de dé-
jeûner.

— Tiens, fit-il, en se tournant avec un sourire
vers son voisin, le lieutenant Destable, son meilleur ami, lis-moi cela...

— Cette lettre ?

— Oui... Elle est de mon oncle, l'abbé...

Après l'avoir parcourue des yeux, il la lui rendit, en disant :

— Eh bien ! Qu'est-ce que tu attends pour te
rendre à une aussi aimable invitation ?

« Rozans n'est pas si loin... Tu sais que tu vas
faire plaisir à ton brave homme d'oncle...

« En aéro, c'est une véritable partie de plaisir...

« Et puis, mon gaillard...

— Et puis ?

— Il y a miss Dolly, la jeune Américaine.

— Peuh !... Tu sais les étrangères...

— N'en fais donc pas fi !... Elles sont fort
jolies parfois, et très riches aussi... Ce qui ne
gâte rien à l'affaire...

— Ah, tiens, ne parle pas de cela, Destable !...
Tu sais bien que je n'ai aucune fortune... Je ne
puis prétendre à la main d'une pareille héritière.

— Pourquoi pas ?... Tiens, veux-tu que je te
dise ?... Eh bien, c'est ton oncle, l'abbé Thomassin qui a songé à un mariage possible pour toi...

— Mon oncle ? Je suis bien sûr que non... Je
le connais trop pour cela.

« Il a sur ce point des principes semblables
aux miens, j'en mettrais ma main au feu !...

— Quelle idée !... Alors, tu ne veux pas aller
à Rozans ?...

— Je ne dis pas cela... Du moment qu'il s'agit
de faire plaisir à ce pauvre vieux...

— Et à Félicie, donc !...

— Eh bien, c'est dit : j'irai là-bas... Tiens, si
tu veux, je t'emmène comme passager...

— Moi ?... Impossible d'avoir une permission
en ce moment, tu le sais bien, voyons... Surtout,
si tu t'absentes pour quelques jours...

— C'est vrai...

— Va-t'en donc tout seul là-bas... Reviens-
nous vite aussi... Et... mes hommages à miss
Dolly...

— Ne dis donc pas de bêtises...

— Et toi, n'ajoute rien, ou c'est moi qui vais
l'enlever en aéro... Ce serait d'un chic épa-
tant !...

— Grand fou !... Toujours le même... Si mon
oncle t'entendait !...

Et les deux jeunes lieutenants quittèrent le

mess, en riant encore de la bonne lettre de l'abbé Thomassin.

— Félicie !... Félicie !...

— Quoi qu'y a, m'sieu le curé ? fit la vieille bonne en allant au-devant de son maître...

— Une lettre de mon neveu...

— De m'sieu Roger ?

— Oui...

— Quoi qu'y vous a mis dessus ?

— Ah ! voilà !... Vous êtes bien curieuse. Enfin, puisqu'il faut que vous sachiez tout, je vais vous apprendre une bonne nouvelle...

— Une bonne nouvelle ?... C'est c'qu'il faut... Alors ?...

— Nous allons le revoir ici...

— Quand ça ?

— Attendez, je vais vous lire sa lettre... Voyons... Mes lunettes... Ah ! les voici...

Mon bon oncle,

Je ne saurais vous dire combien vous m'avez fait plaisir en m'écrivant pour m'inviter à venir à Rozans.

J'accepte, vous le pensez bien, et je crois pouvoir m'arranger de façon à être chez vous au jour de la fête projetée...

En aéro, si possible, naturellement, de façon à pouvoir vous intéresser...

Je ne parle pas des hôtes de Grancey que je

n'ai pas l'honneur de connaître, ni de leurs
invités...

Un grand bonjour à Félicie à qui j'envoie un
bon souvenir...

Et à jeudi.

Bonnes amitiés de votre neveu,

ROGER MORINOT.

— Alors, c'est jeudi qu'il vient ? interrogea
Félicie...

— Oui...

— Ah ! l'brave petit homme qu'a pensé à
m'envoyer l'bonjour...

« Quand j'pense que j'l'ai vu haut comme
ça !...

— Il a grandi depuis...

— J'vous crois, m'sieu le curé et même qu'il
est devenu un bien beau gars, capable de faire
tourner la tête à plus d'une jeunesse...

— Voulez-vous bien vous taire, Félicie !... S'il
est permis de parler ainsi !...

— Et comment voulez-vous-t'y que j'd'se...
J'sais point, moi... J'ai point d'éducation...

« Seulement, j'sais bien une chose...

— Quoi donc ?

— C'est qu'du jour où mam'zelle Melvil aura
vu notre monsieur Roger, elle est sûre de n'en
pas vouloir d'autre pour mari...

« J'vous l'ai bien dit, m'sieu le curé, et jamais
on ne me fera revenir là-dessus...

— Félicie !... Félicie !...

— Oh ! n'y a pas de Félicie qui tienne !... Et vous verrez ben que je dis vrai !... Alors, comment qu'il va venir m'sieu Roger ?

— En a-é-ro-plane !...

— Dans ceux instruments qui volent dans les airs, quasiment des oiseaux ?

— Oui...

— Vous en avez-vous t'y vu, m'sieu l'curé ?

— Mais vous savez bien... A mon dernier voyage à Paris.

— Ah ! c'est vrai... Alors not'lieutenant va venir ici par une de ces machines-là ?... Hélas ! mon Dieu ! Pourvu qu'il lui arrive point d'malheur, à c'pauv'petiot !...

« Voyez-vous pas qu'il vienne à tomber... A s'blesser... à s'tuer p't'être ben...

« Ah ! malheur !...

— Félicie, ne dites pas de bêtises... Les machines aériennes actuelles sont tellement perfectionnées, que les accidents deviennent de plus en plus rares, et je suis sûr, en outre, que mon neveu agit toujours avec la plus grande prudence...

« Roger arrivera ici, sans qu'il advienne quoi que ce soit... Vous verrez, Félicie...

— Ah ! je l'voudrions ben... Pour sûr, m'sieu le curé... Rapport à vous, à moi... Et à...

— A qui ?

— Mam'zelle Melvil, pardi !...

— Félicie !...

CHAPITRE VII

— Miss Dolly, cette fête champêtre est vraiment
ravissante, murmura le duc de Mailly, en accompagnant la jeune Américaine dans les allées du
parc.

— N'est-ce pas?...

— Vous avez un goût exquis...

— Ah! nous voici encore au chapitre des compliments...

— C'est vrai... Vous m'en voulez quand je vous
en fais...

— Non... Je n'ai plus à vous en vouloir,
puisque c'est une maladie chez vous...

— Oh! si l'on peut dire...

— J'ai du goût, comme en ont toutes les
femmes, pas davantage...

« En tout cas, merci bien pour cette gerbe de
fleurs des champs qui a dû vous coûter bien cher
chez la fleuriste où vous l'avez achetée.

— Encore une méchanceté...

— Mais vous me croyez donc bien mauvaise ? demanda Dolly en riant.

— Je m'en garderais bien, mais vous me taquinez toujours...

— Oh ! vous pouvez être tranquille, monsieur de Mailly, vous n'êtes pas le seul...

« Tous ces jeunes gens que vous voyez en sont là...

Le duc se rapprocha de Dolly et lui dit à voix basse :

— Vous ne voulez donc jamais prêter l'oreille aux paroles tendres que je voudrais...

— Me dire ?

— Oui...

— Eh bien, ce n'est pas la peine, monsieur de Mailly... Voulez-vous que je vous parle franchement ?

— Mais...

Et le regardant bien en face, l'Américaine lui dit :

— Vous ne m'en voudrez pas ?... Vous me promettez que nous demeurerons bons amis comme par le passé ?

— Pourquoi pas ?

— Eh bien, quelles que soient vos idées ou celles de mon père, Dolly Melvil ne deviendra jamais duchesse de Mailly...

— Voilà des mots un peu durs...

— Je vous ai dit que je parlerais franchement.

— Vous m'en voulez donc beaucoup ?... Que vous ai-je fait ?

— Rien...

— Alors ?

— Je ne vous aime pas... Voilà tout !...

— C'est assez...

Dolly tendit sa main, et tout bas, murmura :

— Je vous assure, restons bons amis... Et c'est tout...

L'abbé Thomassin arrivait à ce moment, et de suite, s'écria :

— Mademoiselle, j'ai une grande nouvelle à vous apprendre.

— Ah ! voyons ! Comment, monsieur l'abbé, vous êtes ici depuis plus d'une heure et vous me cachez quelque chose ?...

— C'est-à-dire, miss Dolly, que je ne voulais pas vous annoncer une chose dont je n'étais pas exactement certain...

— Ne me faites pas languir !...

— J'ai, vous le savez, un neveu qui est lieutenant et s'occupe d'aviation...

— Oui...

— Roger Morinot m'a averti par télégramme, il y a une heure à peine, qu'il partait en aéroplane pour ven'r me rendre visite à Rozans.

« C'est moi qui lui avais demandé de venir me voir par la voie des airs...

« Mais j'ignorais s'il pourrait avoir une permission...

— Alors, il va venir ?

— Oui...

— Ici ?

— Ici...

— Vous en êtes sûr ?

— Tenez, miss Dolly, voici son télégramme.

La jeune Américaine battit des mains, en s'écriant :

— Quelle chance !... Un aéroplane à Rozans... Et qui volera peut-être au-dessus de Grancey...

« Ah ! laissez-moi annoncer cette bonne nouvelle à nos invités...

En se retournant, elle aperçut le duc à ses côtés, et la lèvre moqueuse, elle lui dit :

— Vous avez entendu ce que l'abbé Thomassin vient de dire ?

— Évidemment...

— Son neveu...

— Fait de l'aviation militaire ?... Grand bien lui fasse...

— Ça ne vous dit rien, à vous, monsieur le duc ?

— Rien du tout ! répondit le duc, en nettoyant son monocle, avec un foulard de soie...

« Je vous avouerai que je ne comprends nullement qu'il y ait des gens qui risquent leur existence là-haut, dans les airs, quand il est si simple de vivre à terre...

— Et ces officiers qui ne craignent pas de faire le sacrifice de leur vie ?...

— Je sais bien... Je sais bien... Alors le neveu de M. l'abbé Thomassin ?...

— A promis à son oncle de venir le voir, dans une petite promenade en aéroplane... Simplement !... Comme vous allez en automobile, de Paris à Bougival...

« Seulement, il faut avoir un peu plus de courage et d'énergie...

— Vous le connaissez, ce lieutenant Morinot ?

— Moi ?... Je ne l'ai jamais vu de ma vie... Notre brave curé a été le premier à me parler de lui...

« Mais je dois vous avouer que j'aime les audacieux...

« Sans le connaître, le lieutenant Morinot m'intéresse beaucoup, et je vous assure que je serai heureuse, très heureuse de le voir...

« D'ailleurs, il ne saurait tarder, car en aéro, il ne faut pas tant de temps pour venir de Paris à Rozans...

CHAPITRE VIII

Fort nombreux étaient les hôtes du riche Américain qui avaient tenu à répondre à son aimable invitation, en venant à la fête du château.

Depuis qu'ils s'étaient installés à Grancey, les Melvil avaient lié connaissance avec tous les propriétaires des environs, et leurs enfants, jeunes filles et jeunes gens, venaient fréquemment prendre part aux parties de sport organisées par Dolly.

Elle retrouvait là, en leur compagnie, les amusements et les plaisirs auxquels elle se livrait sans cesse quand elle était aux États-Unis et qui maintenant lui auraient certainement fort manqué, si elle avait dû y renoncer.

La compagnie était toujours jeune et pleine d'entrain à Grancey, se plaisant à y venir dès qu'on l'invitait.

Aussi, l'annonce de la fête donnée à l'occasion de l'anniversaire de naissance de miss Dolly fut-elle accueillie avec joie dans les châteaux et les propriétés des environs, où la jeune Américaine était très en faveur.

Certains bruits avaient couru, éveillant également la curiosité de tout le monde.

Hubert de Mailly avait promis d'être des hôtes de Walter Melvil et l'on s'était aperçu combien le duc avait paru remarquer la jeune fille.

On les avait quelques fois même rencontrés ensemble, se promenant par les routes...

Se pouvait-il que le châtelain de Mailly eût formé le projet de faire Dolly duchesse ?

Pourquoi pas ?

Il n'y aurait eu là rien de bien étonnant...

Si les princes aujourd'hui n'épousent plus de bergères, c'est qu'ils leur préfèrent des milliardaires américaines...

Et les princes donnant l'exemple, les ducs pouvaient bien le suivre, sans déroger...

Hubert de Mailly n'avait pas la réputation d'avoir jamais été un coureur de dot, mais tout le monde le savait depuis longtemps aux abois, et seul un riche mariage pouvait, d'un coup, le remettre d'aplomb.

Etait-ce l'immense fortune de Walter Melvil qui allait accomplir ce prodige ?

Et Dolly accepterait-elle ou non ?

La jeune fille était si différente de ses amies, se montrant fantasque par moments, très réfléchie par d'autres, qu'il était bien difficile de se faire une opinion.

En tout cas, la curiosité très surexcitée de ceux

qui la connaissaient trouvait à s'intéresser à ce petit problème légèrement troublant.

La fête de Grancey devait consister en jeux et amusements de toute sorte, auxquels devaient prendre part sur les pelouses du parc, les jeunes paysannes et les villageois de Rozans.

Les unes, ayant revêtu le costume d'autrefois, les autres enrubannés comme au temps jadis.

Pour donner à cette fête plus de couleur locale encore, l'orchestre ne devait comprendre qu'un ménétrier et un joueur de cornemuse.

Aux accents de leur musique, les couples danseraient sur de vieux airs du pays.

Puis, pour varier les amusements, toute cette jeunesse devait se divertir à des jeux variés et spécialement organisés pour elle.

. . . .

— Eh bien, miss Dolly, fit le duc qui était un des premiers arrivés, cette fête promet d'être des plus drôles, je crois, et nos braves villageois ne seront pas des derniers à s'y amuser...

— Je le crois, répliqua la jeune Américaine en souriant.

« J'ai tout fait pour qu'elle soit réussie et nous aurons une curieuse évocation du temps jadis...

— Oui... où ces rustauds de campagne...

— Ah ! nous voici revenus à l'époque où vos ancêtres, M. de Mailly...

— Je vous en prie, interrompit l'autre... Laissons mes braves aïeux de côté.... Ils doivent être fort bien où ils sont, perdus dans la poussière du passé, et ne parlons que du présent...

« Ces fleurs que je vous ai fait envoyer...

— Oui...

— Vous ont-elles plu ?... Elles sont bien simples, ce sont celles que vous m'avez dit affectionner le plus...

— Elles sont fort jolies... Mais pourquoi les avoir choisies, comme si vous connaissiez à fond le langage des fleurs ?...

— Je... ne vous comprends vraiment pas, miss Dolly, répliqua le duc avec un léger sourire...

— Pourquoi ces myosotis qui veulent dire : ne m'oubliez pas ?

— Les myosotis sont des fleurs si discrètes et si jolies vraiment, que...

— Et les marguerites ?...

— Elles sont des champs...

— ... Mais je crois bien que, dans tous les pays du monde, elles veulent dire...

Le duc de Mailly prit la main de Dolly dans les siennes, et murmura :

— C'est vrai... Je vous aime...

— *Un peu... Beaucoup...*

— *Passionnément...*

— C'est suivant les pétales... Le dernier tout bas confesse : *Pas du tout !...*

— Miss Dolly !...

— Eh bien ?

— Alors, vous vous montrerez donc toujours cruelle ?

— Mais...

— Pourquoi ?...

— Je crois, monsieur de Mailly, fit Dolly avec

un léger mouvement de hauteur, que nous ne nous comprendrons jamais...

— Jamais ?

— Non... Vous cherchez à prétendre à ma main... Mon père, j'en suis certaine, ne verrait pas ce mariage d'un mauvais œil... Seulement, voilà !...

— Quoi donc ?

— C'est moi qui refuse de devenir votre femme...

— Oserai-je vous demander ?...

— Osez !... Osez !... Vous voulez savoir la raison de mon refus ?... Elle est bien simple : je ne veux pas me marier... Maintenant du moins... Plus tard, je verrai...

« Voyons, ne m'en veuillez pas trop... Restons bons amis...

— Et allons voir des bohémiens, visiter des roulottes et des campements de romanichels...

— Qui sait ?... Cela vous a peut-être donné des idées sur des choses que vous ignoriez complètement...

— Ah ! cela je vous le jure, et jamais vous n'avez dit plus vrai...

« L'autre jour, c'est bien la première fois que j'ai approché des êtres de ce genre...

— Vous ne savez peut-être pas qu'en Amérique, nous avons nous aussi des indépendants qui leur ressemblent étrangement...

— Ah ?

— Oui... Les Peaux-Rouges, que nous avons su réduire à l'impuissance, après des années de lutte, mais que maintenant encore, nous ne pouvons pas nous empêcher d'admirer...

— Admirer ?

— Mais oui, monsieur de Mailly, parce qu'ils ont conservé les deux seules qualités qu'on ne pouvait leur enlever...

— Lesquelles ?

— L'orgueil et l'indépendance de leur race... Les bohémiens sont un peu de même et c'est pour cela que m'intéressaient ceux que j'ai été visiter dans leurs roulottes...

« Vous voyez bien que nous n'avons pas du tout les mêmes goûts...

« Comment voulez-vous que nous nous accordions ?

« C'est impossible !...

« Alors, encore une fois, restons bons amis... simplement...

— C'est votre dernier mot, miss Dolly ?

— Mais... oui... Je vous répète ce que murmure le pétale de marguerite : Pas du tout !...

CHAPITRE II

Depuis qu'il était arrivé à Grancey, pour assister à la fête, l'abbé Thomassin qui à l'ordinaire était fort calme, s'était montré d'une nervosité qu'il s'efforçait en vain de surmonter.

Félicie était venue là, se joignant aux paysans de Rozans, et ne se souvenant pas avoir jamais vu son maître en pareil état.

Elle n'ignorait pas le vol aérien que devait faire Roger Morinot pour venir voir son oncle et passer quelques jours de congé à la cure.

Aussi mettait-elle sur le compte de cette visite, anxieusement attendue et dont elle s'était bien gardée de parler dans le pays, suivant les ordres du curé, l'impatience de son maître.

Dès qu'elle le pouvait faire, elle s'approchait de lui, en murmurant :

— Calmez-vous, m'sieu le curé, calmez-vous... Ou bien on va se douter de quelque chose et toute

la surprise de l'arrivée de not' m'sieu Roger sera
perdue...

A chaque fois, il se retournait, en lui répon-
dant avec vivacité :

— Félicie, voulez-vous bien me laisser tranquille !...

« C'est vous qui m'énervez avec vos sottes re-
marques !...

« L'heure approche où nous allons voir mon
bon Roger évoluer au-dessus de Grancey, et il
est bien naturel que je me montre un peu ému...

— Voyez-vous qu'il lui arrive un accident !
répliquait la vieille bonne, en joignant les
mains...

« Avec ces machines de malheur, sait-on
jamais !...

— Ah ! vous voilà encore avec vos craintes
folles !... Roger est bien trop prudent pour
cela...

« D'ailleurs, c'est un aviateur habile, l'un des
meilleurs de notre armée...

Et la prenant par le bras, il ajoutait :

— Allez donc rejoindre tous ces braves gens
là-bas, et vous amuser avec eux...

— Pensez-vous, m'sieu le curé... J'vas tout
l'temps avoir le nez en l'air, pour voir arriver
le grand oiseau, bien sûr !...

— Naturellement... Et c'est vous alors qui allez gâcher toute la surprise !...

« Ah ! ce que j'ai eu tort de vous parler de
cela !...

— Vous savez bien que vous ne pouvez rien me cacher...

— Malheureusement ! grommelait l'abbé Thomassin qui s'éloignait en bougonnant et tout en haussant les épaules...

Mais il n'osait s'avouer qu'il finissait, lui aussi, par partager ce qu'il appelait les craintes folles de Félicie.

Malgré toute l'habileté du lieutenant, un accident pouvait fort bien lui arriver, et le nom de son malheureux neveu viendrait s'ajouter au martyrologe, si long déjà, des victimes de l'aviation...

Il s'en allait, alors, hochant de la tête, porté à se reprocher d'avoir laissé son neveu venir à Rozans en aéro...

N'eût-il pas mieux valu qu'il prenne le train, comme tout le monde...

Walter Melvil, qu'il rencontra dans le parc, très occupé d'aller de l'un à l'autre des groupes de ses invités, vint à lui, la main tendue, en s'écriant :

— Eh bien ! monsieur l'abbé, que pensez-vous de notre bonne petite fête villageoise ?...

« Est-elle à votre goût ?...

— Très réussie, répliqua le vieux prêtre, légèrement distrait... très réussie !...

Surpris de cette attitude, un peu embarrassée, Melvil reprit :

— Qu'avez-vous, monsieur le curé ?... Vous paraissez tout chose ?... Seriez-vous souffrant ?...

— Non... non, répondit aussitôt l'abbé Thomassin...

« Fort heureusement pour moi, je suis en très bonne santé... Mais quelque chose me tracasse, me préoccupe...

— Vous ?

— Oui...

— Quelqu'un de vos protégés, sans doute... de vos pauvres...

— Il ne s'agit pas d'eux, grâce au ciel, ainsi qu'aux libéralités de miss Dolly...

— Alors ?... Voyons, racontez-moi cela, monsieur l'abbé, fit Melvil, en lui tendant le bras, pour qu'il pût s'appuyer dessus... Si je ne suis pas par trop indiscret, toutefois...

Le vieillard, tout en marchant, demeura quelques instants silencieux, puis il murmura à mi-voix :

— Vous me promettez de garder le secret, si je vous dis la cause de mon tourment ?

— Évidemment, puisque vous me le recommandez, répliqua l'Américain, de plus en plus surpris.

— Eh bien, voici... Vous savez que j'ai un neveu... un brave garçon dont je suis le seul parent...

— Il est officier, je crois ?...

— Oui... Roger Morinot s'est senti pris de goût pour l'aéronautique, depuis ces dernières années, et il est à l'heure actuelle un des meilleurs officiers aviateurs de notre armée...

— Vous devez être fier de lui ?

— Oh ! oui, monsieur Melvil... bien fier ! fit le vieux prêtre, en se redressant avec orgueil...

Voyez-vous, c'est grâce aux sacrifices que j'ai pu m'imposer que Roger a été à même de faire ses études et d'arriver où il en est...

« Sa mère, en mourant, me l'avait confié, et j'ai accompli un devoir sacré en faisant de lui un homme...

« J'aime beaucoup Roger, mais je regrette sincèrement que ses occupations l'empêchent de venir plus souvent me voir...

« Aussi lui avais-je écrit en l'invitant à demander quelques jours de congé qu'il viendrait passer à Rozans, auprès de moi...

— Eh bien ?...

— Il m'a répondu qu'il acceptait de grand cœur...

— Alors ?... Vous devez être heureux ?...

— Attendez donc !... Vous ne savez pas le reste...

— Voyons ?

— Il doit venir en aéro...

— En aéro ?

— Mais oui... Et, sachant la date de la fête que vous donniez, je lui ai recommandé de venir voler au-dessus de Grancey, pensant vous faire, ainsi qu'à tous vos invités, cette surprise sensationnelle...

— Ah ! voilà une bonne idée, monsieur le curé ! s'écria Melvil, en lui serrant la main...

« Vous pensez si nos bons villageois vont être heureux...

« Et je m'attendais à cela !...

« Il n'y a vraiment que vous pour songer à tout ainsi...

— Hélas ! fit le vieillard, tout contrit... J'avais cru, en effet, bien faire... Mais je regrette ce mouvement de ma part...

— Vous le regrettez ?... Pourquoi ?

— Voyez-vous qu'un accident arrive à ce malheureux garçon ?...

— Vous avez peur ?

— Oui...

— Les accidents ne se produisent pas sans cesse...

— Il y en a déjà tant eu !...

— S'ils songeaient à cela, il n'y aurait plus d'aviateurs... Et puis, remarquez qu'un accident peut tout aussi bien se produire sur route, en automobile, en bicyclette, sur le rail, en chemin de fer... Partout, en un mot !...

— Oui... Oui... C'est vrai !... Ce qui n'empêche pas...

— Que vous avez peur...

— Je l'avoue...

— Laissez donc... Tranquillisez-vous, monsieur l'abbé... Et vous verrez que votre aviateur arrivera sain et sauf ici, et que vos craintes auront été vaines...

— Fasse le ciel que vous disiez vrai, monsieur Melvil, fit tristement le vieillard

« J'ai de mauvais pressentiments...

— Allons, ne pensez plus à tout cela... Je vais vous quitter, ajouta-t-il en dégageant son bras, et aller annoncer la nouvelle à Dolly...

— Je l'ai mise au courant.

— Ah ! déjà ? Eh bien ! alors, c'est tous nos invités que je vais prévenir de ce véritable « clou » de notre petite fête...

— Gardez-vous-en bien ! balbutia l'abbé Thomassin... Ce serait gâcher une surprise et... vous m'avez promis de garder le secret...

— Ah ! c'est vrai !... J'oubliais !... Eh bien, je vous promets de ne parler de rien...

CHAPITRE X

La fête battait son plein, quand soudain, quelques voix s'écrièrent :

— Un aéroplane !... Tenez !... Là !...

Toutes les têtes se levèrent aussitôt, et dans le silence presque général des villageois, on put distinctement entendre le ronflement du moteur, dans les airs...

L'oiseau géant approchait rapidement et commençait déjà à évoluer au-dessus de Grancey, en décrivant de larges cercles, aux applaudissements de la foule en délire...

Des chapeaux volaient dans l'air, des cris retentissaient de partout, et les paysannes, jeunes et vieilles agitaient leurs mouchoirs au vent...

Au milieu de tout ce vacarme, Melvil et ses invités, ainsi que Dolly, suivaient les mouvements de l'appareil avec curiosité...

Mais il était deux êtres aussi dont le cœur battait bien fort, et qui, la gorge serrée, ne pouvaient articuler une seule parole...

L'abbé Thomassin, dont les lèvres semblaient marmotter quelque prière, et Félicie, dont tous les membres étaient agités d'un mouvement convulsif.

Tout là-haut l'avion tournoyait, décrivant une fantastique spirale et donnant à tous les assistants un sentiment d'effroyable angoisse...

Brusquement, comme un oiseau à l'aile brisée, ne pouvant continuer son vol, on vit l'appareil fendre l'air, tombant presqu'à pic...

Un même cri s'échappa de toutes les poitrines :

— Le malheureux !... Il est perdu !... Quelle horreur !...

L'avion avait dû tomber là-bas, par delà les bois de Grancey, à l'extrémité la plus éloignée de la propriété, car dans sa chute, il avait disparu derrière les hautes futaies...

— Félicie ! Félicie ! s'écriait l'abbé Thomassin, tout tremblant, pourvu que ce ne soit pas lui, mon pauvre Roger !...

Mais la pauvre bonne, elle-même aux cent coups, ne savait que répondre, se doutant fort bien que l'aviateur, victime de cet accident, devait certainement être le lieutenant.

Le premier moment de stupeur passé, Walter Melvil, qui avait recommandé à Dolly de ne pas quitter le curé de Rozans, était parti en toute hâte, suivi de quelques-uns de ses invités, ainsi que de domestiques et de jardiniers du château, vers l'endroit où il pensait que l'accident pouvait avoir eu lieu.

J. F. — L'ABBÉ THOMASSIN

C'était bien à l'orée du bois que l'aviateur était tombé.

Des paysans qui travaillaient dans un champ voisin s'étaient portés à son secours et l'avaient à grand'peine dégagé de l'appareil sous lequel il se trouvait pris.

Fort heureusement, il n'avait point été atteint par les flammes de l'essence en feu...

On avait placé sur l'herbe le corps du malheureux, qui respirait bien faiblement.

Le sang s'échappait abondamment de plusieurs blessures, et l'aviateur avait complètement perdu connaissance.

L'un des ouvriers avait eu la présence d'esprit d'aller quérir en toute hâte un médecin à Rozans et l'avait ramené avec lui.

Le praticien examina avec soin les blessures qu'il pansa aussitôt en s'assurant également de l'existence des lésions internes, dont se plaignait la victime de l'accident.

Puis, hochant lentement de la tête, il fit une grimace significative, et murmura :

— Le cas est très grave, et je ne saurais encore me prononcer.

« Ce malheureux est très grièvement blessé et si sa situation n'est pas absolument désespérée, il est tout au moins fort grièvement blessé...

« Il faudrait le faire transporter au plus vite quelque part où il devra prendre le repos le plus complet.

Un vieux jardinier qui arrivait à ce moment sur le lieu de l'accident s'écria en levant les bras :

— Hélas ! mon Dieu !... mais c'est m'sieu
Roger Morinot... L'neveu à not' curé de Rozans...
On pourrait p't'être ben l'mener chez l'abbé
Thomassin, au presbytère...

— Je sais... Je sais ! interrompit Melvil... Père
Blandin, vous allez retrouver l'abbé au château et
lui annoncer la mauvaise nouvelle, avec toutes les
précautions possibles...

— Bien, m'sieu Melvil...

— Partez vite...

Puis, se tournant vers le médecin, l'Américain
ajouta :

— Notre blessé supporterait-il le transport d'ici
à Rozans ?

— Très difficilement... Il vaudrait mieux lui
trouver un logis tout auprès d'ici... C'est de toute
nécessité...

— Au château ?

— Oui... Je crois que ce serait le plus simple...
Les pansements que j'ai faits à la hâte doivent être
changés... Et je voudrais examiner avec soin les
contusions dont se plaint notre blessé...

« Il serait dangereux, je crois, de le transporter
plus loin que le château...

Sans vouloir en entendre davantage, Melvil fit
un signe à l'un des domestiques, en lui disant :

— Courez au château et faites préparer une des
chambres d'amis... Faites au plus vite...

Puis, s'adressant aux autres serviteurs qui se
trouvaient là, il reprit :

— Vous autres, aidez les jardiniers à couper
des branchages pour faire une civière, sur laquelle

son approche, le lieutenant à Morbel, à Chancel :
Allez !

Le médecin, qui examinait encore le blessé,
murmura à voix basse :

— Il est perdu ?

— Je le crains...

— Le malheureux !...

— Il ne faut jurer de rien, M. Morbel, tant
qu'il y a de la vie, il y a de l'espoir.

« Heureusement que nous ne nous trouvons en
présence d'aucune fracture du crâne.

« Les lésions internes m'ennuient le plus ;
on n'en connaît jamais ni la gravité ni les suites.

« Quant aux blessures, par elles-mêmes, me
pallierez-vous ? elles ne sont pas mortelles...
Encore une fois, il n'y a que les lésions internes que je redoute...

La civière improvisée étant achevée, on y dé-
posa le blessé, qui de nouveau perdit connaissance, après avoir prononcé des paroles incom-
préhensibles, où revenaient sans cesse ces mots :

« Mon oncle... Rouans... Abbé Thomassin...
Félicie...

Trottinant à petits pas, aussi rapidement que
lui permettait son âge, le père Blandin avait
regagné le parc et n'eut pas de peine à y trouver
le vieux prêtre et Félicie, que miss Dolly avait
fait quittées, selon les instructions de Walter
Melvil.

De suite, elle comprit que le jardinier avait

lait des nouvelles, et sans lui laisser presque le temps de reprendre son souffle, elle s'écria :

— Eh bien, père Blandin ?...

— Ah ! mademoiselle... miss... C'est affreux... terrible... un si bon garçon...

— Mais quoi ?... Qui ? murmura faiblement le curé de Rozans...

— Vot' neveu, m'sieu l'abbé...

— Roger ?... Le malheureux enfant... Je m'en doutais !... C'est ce que je craignais... Ah ! Félicie !... Félicie !... Vos craintes n'étaient que trop justifiées !... Mon pauvre Roger, murmura-t-il encore en essayant de se lever, bien que tremblant de tous ses membres...

Mais Dolly et Félicie le forcèrent à se rasseoir...

— Il est mort, n'est-ce pas ? demanda-t-il encore...

— Non, m'sieu le curé, répliqua le père Blandin... Seulement, dame ! il est bien blessé...

— Pas mort, miss Dolly, pas mort !... Peut-être en réchappera-t-il !... Si Dieu le veut !...

— Vous voyez bien, monsieur l'abbé ! fit la jeune Américaine... Tout espoir n'est pas perdu... Et puis le père Blandin exagère un peu peut-être...

— Oui... C'est ça, mon enfant... Peut-être bien qu'il exagère... Allons, Félicie, ne pleurez pas ainsi... Calmez-vous...

Et la scène était vraiment attendrissante de voir le vieillard que cette nouvelle épouvantait, chercher à tranquilliser sa servante, en essayant

Le lieutenant Morinot, ayant eu à cette improvisée, et peut-être que Walter Melvil, le docteur, et des mois...

Walter Melvil, l'hortense, était un en dire et comme Ambroise qui fut de faire.

Quelqu'un de Cuenca? le préchal par peut-être l'instituteur.

Le mal n'est pas si grand, et nous pour devons le rendre.

— Docteur, je vous en supplie, interrompit dites-moi la vérité.

— Le lieutenant Morinot, répondit gravement particulier, est sérieusement blessé. Mais sans vouloir affirmer, je crois que nous pourrons le sauver...

— C'est comme je vous le dis.

— Ah! lequel point pous en enlever...

— Nous allons le faire porter de suite au pre...

— Je m'y oppose formellement. Il n'est pas transportable. D'ailleurs, M. Melvil a donné instructions nécessaires pour que le blessé en sécurité.

— Vous, monsieur Melvil, balbutia le les yeux pleins de larmes...

quand il ira mieux, vous
auprès de vous.

— D'ici là, le lieutenant est mon hôte,

— Comment vous remercier, monsieur Michel,
que vous faites pour ce pauvre enfant, que
vous ne connaissiez même pas...

— N'est-ce pas le devoir de tout homme en
occasion de rendre service à son
prochain?

— Et n'êtes-vous pas, en outre, le meilleur
nous avons rencontré ici, ma fille, Dor...

— Quel malheur! reprit le vieillard en
de la rivière, autour de laquelle se
en silence les abords du château et les
cois, qui demeuraient tous là, tête nue... Quel
malheur!... Mon pauvre petit Roger!...

CHAPITRE XI

Pendant plusieurs semaines, le lieutenant Marinot demeura entre la vie et la mort ; le médecin, appelé aussitôt après l'accident et qui lui avait toujours donné ses soins depuis, se montrait très perplexe, ne pouvant répondre de lui sauver la vie.

Ainsi qu'il l'avait dit, au début, les blessures elles-mêmes tout en étant fort douloureuses, n'étaient pas des plus sérieuses : elles se cicatrisèrent, du reste, assez facilement.

Mais les lésions internes pouvaient amener de sérieuses complications.

Fort heureusement, la robuste constitution de l'officier devait reprendre le dessus, et bientôt le praticien put déclarer que l'aviateur était enfin hors de danger.

Cette nouvelle fut, on le comprend, un grand soulagement pour tous ceux qui avaient entouré le blessé de leurs soins les plus assidus.

Tous les jours, l'abbé Thomassin faisait le tra-
jet de Rozans à Grancey, pour s'informer si quelque changement s'était produit dans l'état général du malade.

Mais il lui était interdit, aussi bien qu'à Walter
Melvil ou à Félicie de le voir, de crainte de le fati-
guer.

Seule, miss Dolly avait été autorisé à l'appro-
cher, car dès le premier jour, elle s'était improvisée garde-malade, soignant le blessé avec un
dévouement sublime, aidée d'une religieuse infir-
mière que son père avait fait venir tout exprès
pour Morinot.

C'était Dolly qui courait renseigner le vieux
curé, dès que celui-ci se présentait au château, le
plus souvent accompagné de Félicie.

— Eh bien, miss Dolly ? demanda-t-il un jour,
comme il le faisait à l'habitude... Et notre cher
malade ? Va-t-il un peu mieux aujourd'hui ?...

— Monsieur l'abbé, répondit l'Américaine, avec
un gai sourire aux lèvres, je vais vous apprendre
une grande nouvelle et qui va vous faire bien plaisir...

— Ah ?... Quoi donc ? s'écria le vieillard, tout
joyeux... Dites bien vite, je vous en supplie...

— Ce matin, le docteur, à sa visite m'a annoncé
que votre neveu était enfin hors de danger...

« Il répond de lui...

— Dieu soit loué, mon enfant !

— Oui, mais...

— Mais ? reprit le prêtre avec un mouvement
de crainte.

— ...

— Oui, cela le même, à la bonne heure...
mon enfant.

— Non... Non... Ne soupçonnez rien...

Il se ranimait graduellement, il n'était pas
encore transporté à Rozain.

— Vous avez vraiment abusé de la
bonté que M. Melvil a bien voulu...

... châtelain de Grandcey, qui venait de [illegible]
... avait entendu ce dernier reproche...
visiteur.

— Je crains... je dis, monsieur l'abbé...
... avant le reproche qu'il avait aux lèvres...

— Vous figurez-vous un seul instant qu'il...
... partir, votre neveu, bien... alors... qu'il...
est à peine remis ?...

— Cependant...

— Voulez-vous donc qu'il ait une rechute...
... est plus grave, dans son état de...
...

— Non... Non... de m'y opposer formelle-
... et vous allez à vous conformer aux ordres...
la faculté, monsieur l'abbé ?...

— Un mot de plus, et je vous chasse de
Grandcey...

— Voyons, monsieur Melvil...

— Votre neveu... déclara ... Le châtelain
l'Américain... restera ici jusqu'à complète gué-
... pas...

Après, nous verrons !...

— Je suis confus, vraiment, de vous donner
tant d'embarras...

— Voilà que vous recommencez ? bougonna le
châtelain...

— Non... non...

— Alors, laissez-moi vous dire qu'un médecin
militaire est venu le voir.

« Il a conféré avec le docteur qui le soigne, et
m'a assuré qu'il s'occuperait de lui faire accorder
un congé illimité jusqu'à son complet rétablissement.

« Vous pouvez donc dormir sur vos deux
oreilles, sans vous tracasser..

« Le lieutenant Morinot aura ici tout ce qui
sera nécessaire à son prompt rétablissement...

— Je n'en doute pas un seul instant, monsieur
Melvil, et j'en ai déjà eu la preuve dans les soins
dévoués dont l'a entouré votre chère miss Dolly,
qui est un véritable ange gardien pour mon
pauvre Roger...

— A moi, maintenant, interrompit la jeune
fille, en menaçant l'abbé de son doigt mutin, de
vous faire des reproches...

— Des reproches ? Pourquoi ?

— N'est-ce pas le rôle d'une femme d'être
bonne aux pauvres autant que compatissante aux
malades ?

— Si, mais votre situation de fortune, l'existence luxueuse aussi que vous menez diffèrent tellement du rôle de garde-malade que vous vous
êtes imposé...

— Ne comptez-vous donc pour rien la joie que

j'ai éprouvée, en voyant que mes soins avaient pu être pour quelque chose dans la guérison du lieutenant ?..

« Vous voyez que je suis bien récompensée...

Un instant, l'abbé Thomassin demeura songeur, puis il reprit :

— Et... le docteur, a-t-il dit quand je serais autorisé à voir mon neveu...

— Il faut attendre quelques jours encore, afin de lui éviter toute émotion trop forte...

— Eh bien, ainsi que le désire M. Melvil, je me soumettrai aux instructions de la Faculté...

« Il le faut bien ! ajouta-t-il, en poussant un gros soupir..

« Allons, Félicie, retournons à Rozans...

Et tandis que le vieillard se tournait vers Melvil pour lui serrer une dernière fois la main avec une émotion à peine contenue, la servante s'approchant vivement de Dolly, murmura tout bas :

— Ah ! mademoiselle... Vous êtes bien un ange du bon Dieu !...

« Quand not' m'sieur Roger pourra comprendre tout c'que vot' père et vous avez fait pour lui... vrai !...

— Félicie, répondit la jeune fille sur le même ton, voulez-vous que je vous gronde, comme mon père a fait pour M. l'abbé ?

— Non... non, miss Dolly... Cela me ferait trop de peine...

Et la vieille bonne, les larmes aux yeux, hâta le pas pour suivre son maître qui s'éloignait tandis que Dolly, plus émue qu'elle ne voulait le laisser paraître, disait tout bas :

— Pauvres braves cœurs !...

Walter Melvil, qui avait surpris ces dernières paroles de sa fille, la regarda à la dérobée, sans qu'elle pût s'en apercevoir.

Puis, contrairement à son habitude, un sourire énigmatique vint éclairer son visage, contrastant avec son flegme ordinaire et, s'approchant de Dolly, demeurée songeuse, il murmura :

— Tu aimes donc bien l'abbé Thomassin ?

La jeune fille, sortant brusquement de sa rêverie, répondit sur-le-champ, avec un charmant sourire :

— Pourquoi m'en cacherais-je ?... Le vieux curé est bien le meilleur homme qu'on puisse rencontrer...

« Et puis ?

— Et puis ? interrogea Melvil...

Dolly hésita un instant, reprenant bientôt, toute rougissante, en baissant légèrement les yeux :

— L'affection qu'il porte à son malheureux neveu est si profondément sincère... On sent qu'il l'aime du fond du cœur... Pauvre vieil abbé !...

CHAPITRE XII

Plus que jamais, le duc Hubert de Mailly se trouvait aux abois.

Tout en se rendant compte combien l'idée d'un mariage entre Dolly et lui flattait l'amour-propre de Walter Melvil, il devait reconnaître aussi que, du côté de la jeune fille, il rencontrerait une résistance difficile à combattre.

Non point qu'elle se montrât exactement hostile à cette union possible, ce qui l'eût fait entrer ainsi en lutte ouverte avec son père.

Mais, différente en cela des jeunes misses Américaines, toujours prêtes à troquer leurs millions contre un blason dédoré, elle ne montrait aucun enthousiasme pour ce projet de son père.

Et cependant, ce mariage était l'unique moyen qui se présentait de sortir des embarras d'argent avec lesquels le duc se trouvait aux prises.

Il ne trouvait plus à emprunter de fonds nulle part et des créanciers tenaces le menaçaient de toute part.

L'accident arrivé au lieutenant Morinot l'avait forcément tenu éloigné de Grancey, pendant quelques temps du moins, et il maudissait cet aviateur qui était venu tomber là, à l'improviste, au beau milieu d'une fête...

C'était un obstacle nouveau, retardant d'autant ses projets.

Pour continuer à faire belle figure, à tenir son rang, il lui fallait de l'argent, coûte que coûte.

Le duc avait, pour régisseur, un homme assez retors, Jamon, à la ruse duquel il avait eu souvent recours.

Plus d'une fois, des ventes de terres, amoindrissant la propriété, des coupes de bois et d'autres combinaisons aussi avaient pu momentanément sortir le duc d'affaire.

Jamon était en quelque sorte l'homme de confiance d'Hubert de Mailly, pour qui ce dernier n'avait pas de secrets.

Aussi, après une visite plus pressante que de coutume, d'un créancier grincheux, le duc fit il appeler le régisseur auprès de lui.

Assis, les jambes croisées, dans un large fauteuil, le monocle à l'œil, la cigarette aux lèvres, il s'écria :

— Jamon, vous me voyez très ennuyé...

— Oui, monsieur le duc, répliqua l'autre, sans paraître autrement s'émouvoir de la détresse de son maître, y étant depuis longtemps habitué.

— Il me faudrait quelques billets de mille, tout de suite, une somme un peu rondelette qui me permette d'attendre... un événement sur lequel je compte beaucoup...

« Voyez-vous quelque chose à faire ?

Jamon demeura tout d'abord quelques instants silencieux, se creusant la tête, pour trouver le moyen de sortir son maître d'affaire.

— Ah ! s'écria-t-il enfin... Peut-être bien...

— Voyons ?...

— Il y a une huitaine environ, quelqu'un s'est présenté ici et m'a demandé si la petite ferme de « l'Yvette », appartenant au domaine de Mailly était à louer...

— Et qu'avez-vous répondu ?

— Ignorant que monsieur le duc se trouvait momentanément embarrassé, j'ai répondu que non...

— « L'Yvette » n'est donc plus occupée ?

— Le dernier fermier qui l'avait louée ayant eu deux mauvaises années consécutives, n'a pu régler les loyers arriérés et j'ai été forcé de l'expulser...

— En ce cas, pourquoi ne pas avoir loué à ce nouveau métayer qui se présentait ?

— Ce n'était point un fermier, et c'est justement parce qu'il ne voulait pas louer « l'Yvette » pour l'exploiter que je me suis refusé à louer.

— Que comptait-il donc en faire ?

— S'y installer, en construisant tout auprès un hangar pour ses aéroplanes...

— Ses aéroplanes ?... C'est donc un aviateur ?

— Tout croire...

— Comment s'appelle-t-il ?

— Le comte Max Stœrmer...

— Stœrmer ? s'écria Hubert, en se levant d'un bond, de son siège, mais je le connais fort bien... Il est du même cercle que moi...

« C'est récemment qu'il a commencé à s'occuper d'aviation...

« Ah ! Jamon, cette location manquée est fort regrettable... Vous auriez dû me parler de cela...

« Stœrmer est un garçon fort riche, qui n'aurait pas hésité à payer la forte somme, si « l'Yvette » lui convenait...

« Enfin tout n'est peut-être pas encore perdu...

« Je vais lui écrire à ce sujet...

— Monsieur le duc n'ignore pas, puisqu'il le connaît, que M. Stœrmer est Allemand ?...

— Non, pas Allemand... Mais Autrichien, je crois...

— Ah ! répliqua le régisseur, sans paraître bien convaincu...

— Et puis, Autrichien ou Allemand, qu'importe ?... Le principal est qu'il nous loue « l'Yvette »...

— Si monsieur le duc est décidé...

— Il le faut bien... Je ne peux plus trouver d'argent nulle part !...

« Jamon, j'écris aujourd'hui même au comte, et j'espère vivement que nous pourrons reprendre les négociations avec lui...

« Si « l'Yvette » lui plaît, il ne regardera pas au prix de location, surtout en lui laissant entendre qu'un métayer se montre tout prêt à reprendre la ferme pour l'exploiter.

« Je connais mon Stoermer.

« De lui j'obtiendrai le double de ce que payait l'autre fermier.

Et s'asseyant, de suite, à son bureau, le duc de Mailly écrivit une longue lettre très détaillée au comte Max Stoermer.

Hubert ne s'était pas trompé dans son jugement sur le riche aviateur étranger.

« L'Yvette » lui plaisait beaucoup, et, comme il n'avait rien encore trouvé ailleurs, il s'empressa d'accepter les conditions du duc, qui étaient pourtant fort exagérées.

Les deux hommes tombèrent de suite d'accord sur le prix de location, bien que très élevé, et le jour même où le comte était venu à Mailly, le marché avait été conclu, séance tenante.

— Je savais, s'écria le duc en riant, que vous faisiez de l'aviation, en amateur, mais j'étais loin de me douter que ce sport vous intéressait à ce point...

— Beaucoup plus que vous ne croyez, en effet, répliqua Stoermer, en fixant Hubert de son regard froid...

« J'ai d'abord fait de l'aviation en amateur, c'est vrai...

« Mais maintenant, je me suis attaché à cette science nouvelle et peut-être dans l'avenir pourrai-je m'intéresser à quelque entreprise d'aéronautique...

— Vraiment ?

— Je ne sais pas encore ce que je ferai, répondit le comte qui, évidemment, ne disait à ce propos que tout juste ce qu'il voulait qu'on sache...

— Tiens mais, s'écria le duc, pendant que j'y songe... Je vais pouvoir un de ces jours vous présenter à un autre aviateur qui se trouve momentanément ici...

— Un autre aviateur ? fit-il...

— Oh ! c'est tout une histoire... Vous devez connaître de nom le lieutenant Morinot ?

— Oui...

— C'est tout à côté d'ici, à Grancey, que lui est arrivé l'accident d'aéro qui a failli lui coûter la vie...

— Allons donc ? répliqua l'autre avec une surprise fort bien jouée et à laquelle Hubert se laissa prendre.

— Mais oui... Figurez-vous qu'il était venu en aéro pour visiter son oncle, le curé de Rozans...

« Il a fait une chute terrible au beau milieu d'une fête qu'on donnait au château de Grancey...

— Ah ! en effet, j'ai lu cela dans les journaux...

— Eh bien, il se remet graduellement de son accident et c'est le châtelain même de Grancey qui l'a recueilli pour le faire soigner, car il était impossible de le transporter chez son vieux parent...

— Et... il est toujours ici ?

— Toujours... Vous le connaissez peut-être ?

— De nom seulement.

— Attendez qu'il soit complètement remis, ce qui ne saurait tarder, et je vous présenterai l'un à l'autre.

« D'ailleurs, maintenant que vous allez vous installer dans le pays, je vous présenterai également à tous nos châtelains du voisinage, et en particulier à M. Walter Melvil...

— Le milliardaire américain ?

— Le propriétaire de Grancey, où est soigné le lieutenant Mormot...

— Je vous remercie d'avance, monsieur de Mailly, répondit aussitôt Max Stoermer, avec un éclair de joie dans les yeux...

CHAPITRE XIII

Ce fut en s'appuyant d'un bras sur celui de l'abbé Thomassin, de l'autre sur celui de miss Dolly, que le lieutenant Morinot fit ses premiers pas de convalescent dans le parc de Grancey.

Il était bien faible et son entière guérison devait demander longtemps encore.

— Etes-vous bien là ? demanda miss Dolly, en le faisant asseoir doucement dans un fauteuil de jardin qu'elle avait couvert de coussins.

— Très bien, miss Dolly, avait répondu Roger, en levant sur elle son regard reconnaissant.

« Ah ! je ne saurai jamais comment vous témoigner toute une gratitude pour la bonté que votre père et vous m'avez montrée.

— Monsieur l'abbé, fit Dolly, voulez-vous faire taire votre neveu ?

« ... Moi, il ne veut plus m'écouter, depuis qu'il va mieux...

— Malheureusement, miss Dolly, intervint le vieux prêtre, en souriant, je dois vous avouer que je n'ai pas plus d'empire que vous sur ce grand garçon ; il s'obstine à n'en vouloir faire qu'à sa tête...

« Et puis, à vous parler franchement, je dois vous confesser que je partage entièrement ses sentiments de reconnaissance...

— Vous aussi, monsieur l'abbé !... Prenez garde, je vous punirai en n'allant plus jamais visiter vos pauvres... en ne leur faisant plus la charité... jamais... jamais...

— Vous êtes bien trop bonne pour cela...

— Quant à vous, monsieur Morinot, ajouta-t-elle, sans relever le propos, pour vous punir aussi, je ne laisserai pas le duc de Mailly, qui doit venir ces jours-ci à Grancey, vous présenter, ainsi qu'il en avait l'intention, un autre « casseur de bois » comme vous, qui est venu récemment s'installer dans le pays...

— Un aviateur ? interrogea le lieutenant, tout heureux.

« Qui donc est-ce ?

— Monsieur l'abbé, faites donc un petit sermon à votre neveu, sur le défaut d'être curieux...

— C'est votre faute aussi, miss Dolly, fit en riant le vieux prêtre... A vous revient toute la faute, en éveillant sa curiosité...

— Dites, mademoiselle, je vous en prie, s'écria Morinot... C'est peut-être un camarade à moi...

— Vous me promettez de ne jamais plus me parler de reconnaissance, de gratitude ?...

— Je vous promets tout ce que vous voudrez...

— Vous tiendrez parole ?

— Un officier français y a-t-il jamais manqué ?

— C'est vrai... Eh bien, cet aviateur est le comte Max Stoermer, notre voisin, puisqu'il est venu louer au duc de Mailly sa ferme de « l'Yvette »...

Roger, bien pâle pourtant, devint plus blême encore, si possible, et fixant ses yeux tout cernés de bistre sur la jeune fille, murmura d'une voix calme, mais très ferme :

— Miss Dolly, je vous saurai gré de laisser entendre au duc de Mailly que je suis trop faible encore, pour recevoir des visites...

L'Américaine eut un mouvement de surprise, tandis que l'abbé Thomassin murmurait :

— Roger... mon enfant... un aviateur, comme toi... Vraiment !...

— Le comte Stoermer peut faire de l'aviation, mais je n'ai nullement le désir de cultiver sa connaissance...

— Voyons... Que dis-tu là ?

— Ce que je pense.

— Tu as donc des raisons...

— Oui, j'ai mes raisons.

— Le duc de Mailly est des amis de M. Walter Melvil...

— Je n'en disconviens pas...

— Et ce serait peut-être là faire injure à M. Melvil, en froissant le duc qui a préparé cette entrevue...

— Si M. Melvil veut bien m'accorder quelques instants d'entretien, je lui dirai les raisons qui me poussent à agir comme je le fais...

Miss Dolly, au comble de la stupéfaction, tout en devinant que le lieutenant ne parlait pas ainsi à la légère, dit aussitôt :

— Monsieur l'abbé, voulez-vous m'accompagner ?.. Nous allons rejoindre mon père, et je vais lui dire que votre neveu désire lui parler...

« Je crois comprendre que le lieutenant désire absolument lui donner quelques mots d'explication.

— Merci, miss Dolly, interrompit Roger, en appuyant avec fatigue sa tête sur l'un des coussins du siège où il venait de s'asseoir... Vous me rendrez service en demandant à M. Melvil de vouloir bien m'accorder cet entretien...

. . . .

Le châtelain de Grancey, quelques instants après, venait retrouver le lieutenant, en mâchonnant comme il en avait l'habitude, un cigare entre ses lèvres.

— Eh bien ! fit-il, vous voulez me causer, monsieur Morinot ?... C'est Dolly et l'abbé Thomassin qui viennent de me dire cela...

— Oui, monsieur Melvil... Votre fille, tout à l'heure, m'a appris que le duc de Mailly, dans un but très louable probablement, désirait me faire faire la connaissance d'un aviateur étranger, venu s'installer depuis peu dans une propriété lui appartenant...

— Oui... le comte Max Stoermer, qui lui a loué sa ferme de « l'Yvette », tout à côté d'ici...

« Le duc a agi là dans un bon but, pensant vous être agréable...

— Je n'en doute pas... Seulement cette présentation ne saurait avoir lieu...

— Pourquoi ?

— Parce que je me refuse à voir le comte Stoermer...

— Cependant, introduit ici sous les auspices du duc de Mailly, s'écria Walter Melvil surpris... Qu'avez-vous donc contre le comte ?

— Max Stoermer — je vous dis ceci confidentiellement — depuis quelques années, seulement en France, où il passe pour être fort riche, nous a été signalé comme une personne... Comment vous dire cela ?... Une personne, suspecte, au plus haut chef...

— Suspecte de quoi ?

— Je puis vous parler en toute sécurité, vous me promettez le secret ?

— Oui...

— On le soupçonne d'espionnage, pour le compte d'une nation étrangère...

— Le comte ?

— Oui, Max Stoermer...

— Que m'apprenez-vous là ?... Jamais le duc ne prêterait la main...

— M. de Mailly ignore tout, bien certainement...

— Mais je vais le prévenir !...

— Gardez-vous-en bien... Ou c'est vrai et en ce cas, d'autres se chargeront de le prendre en flagrand délit... Ou l'on s'est trompé, et alors je serais au désespoir de causer une peine quelconque au duc de Mailly...

— Vous en êtes sûr, bien sûr ?

— Certaine... Il était détruit en fragments...

— Il est malheureux, lui écria l'officier... la... Je serais là, pour la réalité scientifique d'une invention à moi, dont... faire profiter notre administration...

— Mais, n'avez-vous pas gardé les plans de votre invention ?

— Non... J'avais tout détruit, craignant pour votre indiscrétion possible, du service d'un... étranger, qui est... une puissance [illegible].

— Ne pourriez-vous reconstituer cette leçon qui est votre ?

— Ah, oui...

— Mais quoi ?

— Cela demanderait du temps, beaucoup d'art aussi... Et malheureusement... J'ai dépensé, pour mener ce travail à bien, le peu de bien que je possédais...

— Et si l'on vous mettait à même...

— De ?

— De recommencer ces travaux, afin d'en faire... votre pays, ainsi que vous le désirez ?...

— Ah ! celui qui ferait cela !...

— Et si je vous mettais à même de recommencer les travaux, de les poursuivre, pour les pou...

— Vous, monsieur Melvil ? s'écria Mortal au... de la stupéfaction.

— Pourquoi pas ?... Ma fortune, je crois, me permet une fantaisie de ce genre...

— Certainement...

— Et puis, vous m'intéressez...

— Moi ?... A cause de mon accident, peut-être, et parce que vous éprouvez, ainsi que miss Dolly, une vive sympathie pour mon brave homme d'oncle...

— C'est peut-être une raison, reprit Melvil, mais il en est une autre aussi...

— Laquelle donc ?

— Vous êtes un garçon intelligent et cela me repose des imbéciles, des inutiles qui nous fréquentent...

— Ils ne sont pas tous pareils...

— A bien peu d'exceptions près...

« Non, je vous assure que j'éprouve un grand plaisir à m'entretenir avec un homme qui sort de l'ordinaire et sait causer de choses autres que théâtre, modes, flirt, tennis ou tango...

« Voyez-vous, monsieur Morinot, j'ai fait ma fortune première très durement, à la rude école d'un labeur incessant...

« Depuis, la chance m'a favorisé et je suis devenu Walter Melvil, le milliardaire bien connu...

« Soit !...

« Mais j'aime, par-dessus tout, les travailleurs...

« Vous en êtes un...

« J'ai pu vous juger et vous apprécier à votre juste valeur...

— Vraiment, monsieur Melvil !...

— Laissez-moi finir... Vous voici en très bonne voie de guérison... Le ministère de la guerre vous a accordé tout le temps nécessaire pour achever votre convalescence...

— Oui...

— Pourquoi ne pas mettre ce temps à profit pour reconstituer cette invention, détruite par votre accident ?

— Mais...

— Il n'y a pas de mais !... Je vais vous faire aménager ici, à Grancey, un atelier, attenant à un bureau où vous pourrez exécuter tous vos dessins...

« Quant aux instruments dont vous pourrez avoir besoin, tout ce qu'il vous faudra, en un mot, commandez, je réglerai le tout...

— Je ne sais vraiment comment vous remercier, monsieur Melvil...

L'Américain alluma un nouveau cigare, puis ajouta :

— Vous avez raison de ne pas vouloir vous rencontrer avec le comte Stoermer, puisque vous soupçonnez ce louche personnage.

« Tout à l'heure, vous me demandiez ce qu'était devenu votre appareil...

« Croyez-vous donc que, sous les auspices du duc, il cherche à s'introduire ici, à vous causer en confrère et à examiner les débris de votre invention dont il pourrait avoir eu connaissance...

— C'est justement ce que je crains...

— Demeurez bien tranquille, alors. Je vais donner les ordres nécessaires pour que ces fragments soient remisés dans l'atelier que je vous réserve et soigneusement mis sous clé.

« Et dès que vous serez en état de pouvoir vous remettre au travail, je vous garantis que je me charge de faire faire bonne garde autour de votre atelier...

« Foi de Melvil !...

« Allons, je retourne trouver l'abbé Thomassin et ma fille... Je vais les envoyer vous rejoindre, car ils doivent se demander de quoi nous pouvons bien nous entretenir si longtemps...

— Je compte entièrement sur votre discrétion, monsieur Melvil, au sujet de Stœrmer ?

— N'avez-vous pas ma parole ?

L'Américain, en s'éloignant, plongé dans ses réflexions, n'avait pu entendre un sourd bruissement de feuilles, tout auprès de lui pourtant.

Dolly Melvil, dont la curiosité était en éveil, n'avait su résister au désir de savoir pourquoi Morinot avait tenu à s'entretenir avec son père, et, cachée derrière un buisson, l'oreille au guet, elle avait entendu toute leur conversation...

CHAPITRE XIV

— Alors, miss Dolly, nous n'allons plus ensemble visiter les roulottes de bohémiens ? fit le duc Hubert, qui était en visite à Grancey.

— Que voulez-vous, monsieur de Mailly ! répondit-elle aussitôt... Il n'y en a malheureusement plus dans le pays... Et pourtant...

— Pourtant ?

— Il y a bien d'autres étrangers...

— Que voulez-vous dire, mademoiselle ?

— N'avons-nous pas maintenant, pour voisin, le comte Stoermer, votre locataire de la ferme de « l'Yvette ?... »

— Oui, seulement, répondit-il en riant, le comte Max Stoermer est loin d'être un romanichel...

— Non, il se contente d'être Allemand...

— Vous vous trompez étrangement, miss Dolly, Stoermer est Autrichien...

— Comme tous les Allemands qui se disent Luxembourgeois, Alsaciens ou Suisses...

— Vous ne le connaissez pas... C'est un garçon charmant, qui est membre du même cercle que moi et s'occupe beaucoup d'aviation...

« D'ailleurs j'espère bien avoir le plaisir de vous le présenter un de ces jours, ainsi qu'à M. Melvil.

— Je crois que vous n'aurez pas à vous donner ce mal, monsieur de Mailly...

— Qu'entendez-vous par là ?

— Mon père a une horreur profonde des Allemands...

« Il est resté sur ses idées américaines, et vous savez que chez nous, on les considère comme des « indésirables ».

— Nous sommes en France, miss Dolly...

— Où ils ne sont guère plus en faveur, je crois...

— Préjugés... préjugés que tout cela !... Encore une fois, le comte Stoermer est fort riche, il fait de l'aviation en amateur et je lui ai parlé du lieutenant Morinot, de l'accident qui a failli lui coûter la vie...

« Bref, il serait très heureux de faire la connaissance de cet officier dont il a beaucoup entendu parler.

« Je lui avais même promis de les présenter ici l'un à l'autre...

— Ce serait difficile, car depuis hier, M. Morinot n'est plus à Grancey...

— Ah ! c'est fâcheux...

— Oui, il est entré en pleine convalescence et nous a quittés pour s'installer chez son oncle, le curé de Rozans...

— Ah ! oui, l'abbé Thomassin...

« Eh bien, à vous parler franchement, mademoiselle, je vous avouerai que je n'en suis nullement fâché..

— Vous, monsieur de Mailly ? Et pourquoi donc ?

Le duc la fixa du regard et murmura, un insolent sourire aux lèvres :

— Si je vous disais que je prenais ombrage du lieutenant...

— Ombrage ?

— Mais parfaitement... Vous l'avez soigné avec tant de dévouement, que je craignais de vous voir vous attacher à lui..

— Quelle idée...

— Oui... Et j'en ressentais au cœur une pointe de jalousie, il faut bien que je le confesse...

— Une pointe de jalousie ? fit Dolly en partant d'un grand éclat de rire... Mais n'avez-vous point en France un proverbe qui assure qu'on n'est jaloux que de ce qu'on aime ?

— C'est très vrai...

— Alors, je n'y comprends plus rien...

— Vous ne voulez pas comprendre que je vous aime d'un amour profond et sincère...

— Je croyais bien que nous nous étions expliqués sur ce sujet, monsieur de Mailly...

J. F. — L'ABBÉ THOMASSIN.   4

— Et je pensais que vous seriez revenue sur
ce que vous m'avez dit... Voyons, miss Dolly...

Le duc se faisait suppliant maintenant.

— Ne vous ai-je pas dit que jamais je ne
deviendrais duchesse de Mailly ?

« Pourquoi revenir encore sur ce sujet brû-
lant ?

« Encore une fois, restons bons amis... Mais je
vous en supplie, cessez de me faire la cour, car
autrement...

— Autrement ? interrompit le duc, dont le regard s'était fait dur...

— Nous deviendrions mauvais amis...

— Ennemis, peut-être ?

— Peut-être...

— Alors, mes craintes sont pleinement justifiées...

— Qu'aviez-vous donc à craindre ?

— M'apercevoir de l'affection que vous portez
à un autre...

— Je voudrais bien savoir de qui vous voulez
parler, monsieur de Mailly ? répliqua Dolly, avec
un léger mouvement de hauteur...

— Vous ne le devinez pas ?

— Ma foi, non...

— Alors, admettons que je n'ai rien dit...

— Si... si... parlez, au contraire... Je désire
savoir...

— Je me souviens avoir lu jadis un roman où
l'héroïne, en soignant avec dévouement un officier blessé, sentait soudain son cœur pris
d'amour pour lui et finissait par l'épouser...

« Les choses ne se passent peut-être pas ainsi dans les romans seulement...

— Ce qui revient à dire qu'ayant soigné le lieutenant Morinot, mon cœur doit soudainement s'être pris d'amour pour lui et que le tout finira par un mariage...

« C'est bien ce que vous voulez dire, n'est-ce pas ?

— Miss Dolly !...

— Ne cherchez donc pas à vous défendre, monsieur de Mailly, de ce qui, de votre part, n'est que du dépit...

« J'ai pour le lieutenant Morinot la plus grande estime... Je l'ai soigné avec tout le dévouement que j'ai pu...

« Mais de là, à dire que mon cœur est pris d'amour pour lui, il y a loin encore.

— Croyez-vous vraiment ?

— En tout cas, je ne permets à personne, monsieur de Mailly, de m'interroger à ce sujet...

« Vous saurez que le cœur d'une jeune fille a ses secrets que nul ne doit pénétrer...

Dolly, entendant un bruit de pas sur le gravier de l'allée, tout auprès d'eux, se retourna vivement et s'écria :

— Tenez, voici mon père, vous pourrez causer tout à l'aise avec lui du comte Stœrmer...

— Monsieur de Mailly, fit Walter Melvil en s'approchant, je ne vous savais pas ici... Je vois que vous étiez en grande conversation avec Dolly...

La jeune fille s'étant éloignée, le duc répondit aussitôt :

— Ma foi oui... miss Dolly et moi, nous avions une légère controverse sur un sujet, bien banal pourtant...

— Ah !...

— Oui... Figurez-vous que j'ai comme locataire de ma ferme de « l'Yvette » un de mes amis du cercle, le comte Max Stoermer...

— Et ?...

— Je désirais vous le présenter, ainsi que je l'ai fait chez tous nos voisins, et miss Dolly m'assure que vous vous refuseriez à le recevoir chez vous...

— Naturellement... Elle a raison...

— Même présenté par moi ? interrogea Hubert, avec un peu de hauteur...

— Nos relations du voisinage me suffisent, monsieur de Mailly, et je n'ai nullement l'intention de faire la connaissance du comte Stoermer...

— Ainsi que miss Dolly me l'a laissé entendre, vous vous imaginez qu'il est Allemand et en brave Américain que vous êtes, vous ne voulez pas le recevoir ?...

— Je n'ai aucune explication à donner, déclara péremptoirement Melvil... Il ne me convient pas de recevoir le comte Stoermer ici...

« Et je vous saurai gré de ne pas insister...

— Oh ! je n'insiste pas... Mais vous me permettrez de trouver étrange que, présenté par moi...

— Trouvez étrange, tant que vous voudrez...
Que voulez-vous que j'y fasse...

— Monsieur Melvil, parlons franchement, sans
réticence aucune, voulez-vous ?

— Parlez.

— Il y a peu de temps encore, vous m'aviez
laissé espérer que je pourrais un jour devenir
votre gendre...

— C'est vrai...

— Je crois comprendre aujourd'hui que vous
n'êtes plus dans les mêmes intentions...

— Qui vous fait croire cela ?

— Votre façon d'agir à mon égard...

« Votre froideur même, à l'heure actuelle, m'est
un sûr indice que je ne me trompe pas...

« J'offrais de donner à miss Dolly Melvil le
nom de mes ancêtres, de la faire duchesse de
Mailly, et je n'ai pas besoin d'insister en disant
que c'est là un des plus grands noms de France...

— Vous ai-je dit le contraire ?...

« Voyez-vous, mon cher monsieur de Mailly,
on se trompe à tout âge...

« Je me suis trompé... J'ai fait fausse route,
en croyant que Dolly pourrait un jour vous aimer, malgré votre grand titre et votre blason...

« Or, comme j'aime ma fille par-dessus tout au
monde, je suis revenu de mon erreur...

« Dolly ne sera jamais duchesse de Mailly...

Dépité, Hubert s'écria d'un ton sarcastique :

— Ce serait bien la première fois qu'une héritière Américaine...

— Refuserait d'être malheureuse avec un

grand seigneur du Vieux-Monde ?... Il y a héritières et héritières, mon cher monsieur de Mailly...

« Celles qui sont des imbéciles et celles qui ont un peu d'esprit.

« Dolly est de ces dernières, et je ne saurais la blâmer...

Horriblement froissé, le duc se redressa de toute sa hauteur et toisant Walter Melvil, il s'écria :

— Il est heureux pour vous, monsieur, que vous ayez des cheveux blancs, car autrement, dès demain, je vous aurais envoyé mes témoins pour vous demander raison des paroles que vous venez de prononcer...

— Toute vérité, à ce que je vois, n'est pas bonne à dire...

— Il me reste, monsieur Melvil, avant de partir, à souhaiter que miss Dolly, quand elle deviendra Mme Roger Morinot, soit fort heureuse en ménage...

Furibond, Melvil, le bras tendu, s'écria :

— Sortez de chez moi, monsieur, car mon âge me permettrait de vous faire donner par mes domestiques une volée de bois vert, comme vos ancêtres faisaient bâtonner la racaille... Sortez de Grancey... ou je vous fais chasser !...

— Monsieur Melvil !...

— Vous m'avez entendu... Je ne reviens jamais sur ce que j'ai dit.

— C'est bien la première fois de ma vie...

— Qu'on vous traite de pareille façon ?

« Eh bien, vous le voyez. Il y a un commencement à tout.

« Monsieur, je vous salue !...

CHAPITRE XV

— Alors, monsieur Roger, vous voulez bien venir m'aider à cueillir les pommes de ce pommier ?

— Mais certainement, miss Dolly... Seulement nous allons sûrement nous faire gronder par Félicie...

— Félicie ?... Je me charge bien d'elle... D'abord, elle m'aime beaucoup...

— Alors vous n'avez pas peur de notre gendarme en jupons ?

— Pas du tout...

— Et si mon oncle venait à nous surprendre, cueillant ses fruits ?

— Lui ? Il ne me dirait rien du tout... D'abord, s'il me grondait, je sais bien comment le punir...

— Ah ?

— Je n'irais plus visiter ses pauvres...

— Oh ! alors !...

— Allons, venez... Prenez ce panier, que vous

tiendrez au bras... J'y mettrai les pommes que je cueillerai...

— Ah ! que voilà bien les femmes...

— Pourquoi dites-vous cela ?

— Parce qu'imitant l'exemple donné, il y a bon nombre d'années, par une dame que vous connaissez certainement de nom...

— Qui donc ?

— Eh bien, notre mère Eve ! Vous vous en allez cueillir des fruits défendus...

— Ah ! par exemple, si je m'attendais à cette plaisanterie !...

« Alors, vous êtes Adam, l'abbé Thomassin le bon Dieu fort en colère, et Félicie, l'ange qui va nous chasser du Paradis Terrestre ?...

« L'Ancien Testament modern-style ?...

— Il ne manque plus que le serpent tentateur...

— Oh ! celui-là, c'est mon père qui s'est chargé de l'envoyer promener...

— Que voulez-vous dire ? De qui parlez-vous ?

— Mais de M. le duc Hubert de Mailly.

— S'il s'agit d'énigmes, je vous avoue que je ne sais les résoudre...

— Mais il n'y a aucune énigme, je vous assure bien... Le serpent tentateur offrait un beau titre de noblesse, un blason bien dédoré, des dettes au soleil, et M. Melvil a cru devoir lui montrer, d'une main énergique, la grille du parc de Grancey, en lui intimant l'ordre de ne jamais plus la franchir...

— Allons donc !...

— Pas plus que son ami, le comte Max Stoermer...

—Ah ! par exemple !... Quand cela s'est-il passé ?

— Hier...

— Vous m'étonnez.. Je croyais, tout au contraire, que M. Melvil désirait plutôt votre union aevc M. de Mailly...

— Peut-être... Mais il a changé d'avis depuis...

— Depuis quand ?

— Mais depuis que je lui ai signifié que jamais je n'épouserais le duc.

— Pourquoi ?

— Parce que...

— C'est la meilleure des raisons, ou tout au moins celle que donnent les femmes, quand elles n'en ont aucune autre de bonne...

— Vous croyez ?... Tenez, n'attendons ni la venue de Jehovah-Thomassin, ni celle surtout de l'ange au glaive flamboyant, et allons cueillir nos pommes, Adam...

— Je vous suis, Eve...

. . . .

— Monsieur le curé, ce que vous dites-là est parfaitement absurde, permettez-moi de vous le dire, malgré tout le respect que je vous dois...

— Monsieur Melvil, balbutia l'abbé Thomassin, en se levant péniblement de son fauteuil, ce dont vous me parlez là n'a aucune raison d'être...

— Pourquoi ?

—. C'est vous qui le demandez ?

« Mon neveu Roger a certainement un fort bel avenir devant lui, mais il ne possède pour fortune que quelques malheureuses petites rentes seulement, et je suis sûr que jamais il ne consentirait à épouser une jeune fille qui lui apporterait en dot une fortune comme celle que vous comptez donner à miss Dolly...

L'abbé Thomassin venait à peine d'achever ces mots que la porte du modeste salon du curé de Rozans s'ouvrit, livrant passage à la vieille Félicie, qui, sur un plateau apportait du thé, quelques gâteaux et des biscuits sur une assiette.

Dès qu'elle eût disposé le tout sur une petite table, Melvil la prenant d'une main par le bras et saisissant celui du curé de l'autre, les conduisit tous deux jusqu'à la fenêtre de la pièce, donnant sur le jardin.

— Tenez, fit-il, en leur montrant Roger et Dolly, dans l'éloignement, ne pensez-vous pas qu'ils font le plus adorable couple du monde ?...

— Héla ! m'sieu le curé ! s'écria Félicie... Les voilà-t-il pas qui cueillent vos belles pommes !... Ah ! les monstres !... Attendez voir... J'vas ben les en empêcher...

— Non... non... Félicie, murmura l'abbé Thomassin... Laissez-les faire... Si elles ne sont pas tout à fait mûres... Eh bien, on les cuira...

« C'est vrai, ajouta-t-il avec un léger tremblement dans la voix... Cela ferait un joli couple...

— Quoi c'est qu'vous dites, m'sieu le curé ! interrompit Félicie, avec un gros rire.

— Je suis sûr, fit Walter Melvil en s'adressant à la vieille servante, que vous trouveriez à redire à ce que le lieutenant Morinot épouse ma fille...

— Miss Dolly ?... Elle pourrait trouver plus

mal... C'est un beau gars et qu'a ben d'l'instruc-
tion... Et pas fier avec ça... Tout comme vous,
m'sieu Melvil, mon maît' et moi...

— Tenez, l'abbé, s'écria l'Américain, vous
voyez, cette brave Félicie elle-même...

— Elle ne sait pas ce qu'elle dit...

— Mais elle le pense bien tout de même...

— Attendez un peu voir, dit-elle en se dégageant de l'étreinte de Melvil, j'vas ben les empêcher d'cueillir toutes nos pommes, en les empour-
chassant par ici...

Et, sans y être convié par Jéhovah-Thomassin,
l'ange démuni de tout glaive flamboyant se char-
gea bien de chasser les deux maraudeurs du verger, en leur disant qu'on les attendait au salon du
presbytère.

Jamais enfants pris en faute ne se trouvèrent
plus penauds que Roger et Dolly, l'un en face de
son oncle et l'autre en présence de son père...

Les deux mains croisées derrière le dos, Dolly
baissait les yeux, sans trouver un mot à dire, tandis que Roger faisait assez triste mine, avec l'anse
de son panier, plein de pommes, passée à son
bras...

— Nos belles pommes ! Nos belles pommes !
s'écriait la vieille servante, en levant les bras au
plafond...

— Allons, Félicie ! interrompit le curé... En
voilà assez !... Puisque je vous dis qu'on les cuira
si elles ne sont pas encore mûres... Allez à votre
cuisine... et laissez-nous seuls...

Dès que Félicie fût partie, l'abbé Thomassin,

devenu très sérieux, se tourna vers son neveu en lui disant :

— Mon ami, il s'agit aujourd'hui d'une chose très sérieuse, dont je veux te parler, en présence de miss Dolly et de son père qui est venu me voir à ce sujet...

— Monsieur le curé, interrompit aussitôt la jeune fille, ce n'est pas le lieutenant qui est coupable... C'est moi qui ai voulu aller cueillir les pommes, imitant en cela mon aïeule Eve.

« C'est moi qui ai entraîné votre neveu auprès des pommiers et si l'ange est venu nous chasser de votre verger...

— Qu'est-ce que tu racontes-là ? s'écria Walter Melvil, stupéfait... Il s'agit bien d'Adam, d'Eve et de l'ange... Ecoute un peu M. le curé...

Du moment qu'il ne s'agissait plus du larcin des pommes, Dolly reprit son aplomb, en souriant à l'abbé Thomassin qui doucement murmura à son neveu, en lui mettant la main sur l'épaule :

— Mon brave Roger...

— Mon oncle...

— Tout à l'heure, M. Walter Melvil m'a fait une confidence à laquelle j'étais loin de m'attendre...

— Une confidence ?

— Oui.

— Quoi donc ?

— Il a cru remarquer que miss Dolly et toi, vous aviez l'un pour l'autre... Comment te dire cela ?... Un certain penchant... une inclination...

— Vous savez, monsieur Melvil, fit encore le curé de Rozans, en se tournant vers l'Américain, ce sont là des choses très délicates à dire...

— Attendez, interrompit l'Américain, vous allez voir que ce n'est pas si difficile...

« Monsieur Morinot, j'ai cru m'apercevoir de vos assiduités auprès de ma fille. Est-ce donc que vous l'aimeriez un peu ?

— Miss Dolly est certainement la plus charmante des femmes, répondit l'officier, et...

— Bien... un instant, je vous prie... Dolly, si je ne me trompe, tu as remarqué les prévenances que le lieutenant Morinot avait pour toi... Que penses-tu de lui ?

— M. Morinot est certainement un charmant homme, et...

Walter Melvil, tout flegmatique qu'il fût, ne put s'empêcher de partir d'un grand éclat de rire à ces deux réponses presque identiques.

Puis, prenant l'abbé Thomassin par le bras, il s'écria :

— Ça n'est pas plus malin que cela !... Les deux enfants s'aiment bien... Ils se marieront... Et c'est vous qui donnerez la bénédiction nuptiale, monsieur le curé !...

— Comme vous arrangez les choses avec une rapidité...

— Tout américaine...

— Je crois devoir vous répéter que Roger n'a qu'une fortune très modeste et les quelques rentes que je lui laisserai, après ma mort, sont bien minimes...

« Miss Dolly, tout au contraire...

« Miss Dolly n'a rien du tout, s'écria Melvil, avec un geste de colère...

« Quand j'ai épousé miss Simpson, qui est devenue sa mère, elle était sans fortune tout comme moi...

« J'ai réussi, dans la vie, et j'ai tout fait ensuite pour ma fille...

« Elle n'a rien à me reprocher, mais je ne lui donnerai en dot que ce que bon me semblera...

« Vous voyez donc, monsieur l'abbé, que la situation de fortune de nos deux jeunes gens est à peu près semblable.

— Mais comme je sais, reprit le vieux prêtre, que vous ne marierez pas votre fille sans la richement doter, vous voyez bien, à votre tour, que votre raisonnement de tout à l'heure ne tient pas debout...

« Miss Dolly, en épousant Roger, apporterait en mariage une fortune que mon neveu ne saurait accepter...

— Il l'acceptera ! s'écria Melvil, avec un geste énergique, presque de colère...

— Ah ?... Et pourquoi ? répliqua aussitôt l'abbé Thomassin, en se croisant les bras... Ni vous ni d'autres ne sauraient l'y obliger...

— Si...

— Non, je connais trop le caractère de Roger...

— Et moi aussi...

— Ah ! par exemple, voilà qui dépasse les bornes, monsieur Melvil !... Mon neveu n'épou-

sera jamais une jeune fille de beaucoup plus
riche que lui...

— Si... Quand il saura les dispositions que je
veux prendre...

— Et quelles seraient ces dispositions ? interrogea l'abbé...

— Le lieutenant Morinot est un des meilleurs
officiers aviateurs de votre armée...

— Vous me flattez, monsieur Melvil, interrompit Roger...

— Laissez-moi parler, fit brusquement l'Américain... L'invention à laquelle il travaille en ce
moment, à Grancey, et dont il va doter son pays,
est de la plus haute importance... Si elle ne lui
rapporte rien, pécuniairement parlant, ce qui est
possible, il recueillera un peu de gloire, des hon-
neurs aussi...

« N'est-ce pas là un appoint qui a sa valeur ?...

— Tout cela, grâce à vous, monsieur Melvil !
intervint Roger...

— Eh bien, je veux faire plus encore...

« Si votre neveu devient l'époux de ma fille, il
sera stipulé dans le contrat de mariage que la
moitié de la dot que je suis décidé à donner à
Dolly pourra être employée par le lieutenant à
l'aviation militaire française...

— Vous feriez cela ? s'écrièrent ensemble Morinot et l'abbé Thomassin...

L'Américain, qui s'était calmé, répondit en
souriant :

— Que vous avais-je dit, monsieur le curé ?
que votre neveu accepterait...

— Monsieur Melvil, fit l'officier, en lui prenant les mains, j'aime miss Dolly, du fond du cœur, mais ainsi que mon oncle vous l'a laissé entendre, notre très grande différence de fortune m'aurait toujours empêché de prétendre à sa main...

« Le grand et noble geste que vous faites aujourd'hui pour mon pays a raison de tous mes scrupules, et j'ose maintenant vous demander de m'accorder la main de votre fille...

Avant que Melvil ait eu le temps de répondre, Dolly qui n'avait rien dit jusque-là, s'avança lentement, en murmurant avec douceur :

— Tout cela est fort bien, mais j'ai une simple remarque à faire...

— Quoi donc ? demanda Melvil, surpris...

— Voilà un mariage tout arrangé...

— Eh bien ?

— Eh bien, il n'y a qu'une personne qui n'a pas été consultée... et c'est moi...

« Le lieutenant Morinot m'aime beaucoup, c'est entendu... Mais personne ne m'a demandé si ce sentiment était réciproque, je crois ?... Et pourtant, c'est bien moi la personne que cette union doit le plus intéresser ?...

Les trois hommes, un instant, gardèrent le silence, puis Melvil répliqua :

— N'as-tu pas dit toi-même, tout à l'heure, que M. Morinot était un homme charmant ?...

— C'est vrai... Mais il n'est pas le seul... Il y a aussi le duc Hubert de Mailly...

— Oh ! celui-là !... Je suis tranquille, ce n'est

certes pas lui que tu choisiras jamais pour mari !...

— Enfin, l'on dispose de mon cœur, en le traitant comme une quantité négligeable...

Roger s'approcha de la jeune fille et gravement lui dit :

— Miss Dolly, vous vous méprenez entièrement sur mon compte...

« Les soins dont vous m'avez entouré pendant ma longue maladie, ma convalescence aussi, m'ont non seulement permis d'apprécier vos qualités, mais ont fait naître aussi en moi un sentiment de profonde affection, d'amour, puisqu'il faut dire le mot vrai...

« Si, cependant, vous ne partagiez pas ce sentiment, croyez que je serais le dernier à insister aussi bien auprès de vous que de M. Melvil, pour conclure une union qui ne saurait vous convenir...

« Je suis tout prêt à vous dire : Miss Dolly, séparons-nous à tout jamais... J'ai cru que vous répondiez à mon amour... Je me suis trompé... Merci de tout ce que vous avez fait pour moi... Allons chacun de notre côté et ne nous revoyons jamais !...

Gracieusement, enlaçant le cou de l'officier de ses deux bras menus, Dolly le regardant les yeux dans les yeux, murmura à mi-voix :

— Vous ai-je dit que je ne vous aimais pas ?...

L'abbé Thomassin avait vivement tourné le dos, et plongeant le pouce et l'index dans sa tabatière, y prit une pincée de tabac d'Espagne qu'il huma bruyammént, tandis que Melvil lui glissait à l'oreille :

— Croyez-vous que les femmes sont mauvaises !... Quelle engeance !... Toutes les mêmes !...

— Elles sont plus à plaindre qu'à blâmer ! conclut l'abbé Thomassin, avec une certaine compassion...

« Que voulez-vous !

« C'est plus fort qu'elles... Il faut qu'elles taquinent pour le plaisir de taquiner...

— Ah ! que vous dites donc vrai !...

CHAPITRE XVI

Le duc Hubert, après son algarade avec Walter Melvil, était rentré furieux à Mailly.

Puis, sa colère passée, il s'était rendu à la ferme de « l'Yvette », pour dire à Max Stoermer ce qui s'était passé au château de Grancey à son sujet.

Dès les premiers mots, le comte l'arrêta, en s'écriant :

— Ce que vous me dites de votre entretien avec M. Melvil ne m'étonne nullement...

« Pour des raisons qui me sont encore inconnues, je passe pour être Allemand, bien qu'Autrichien comme vous le savez, et l'officier doit craindre de se compromettre en me serrant la main...

« Je comprends moins, je vous l'avoue, l'antipathie que M. Walter Melvil peut avoir pour moi...

« Ce sentiment d'animosité doit avoir une cause en rapport direct avec l'attitude du lieutenant Morinot...

— Vous ne les connaissez ni l'un, ni l'autre ?

— Ni l'un, ni l'autre... Morinot, de nom et Walter Melvil, de réputation, c'est tout...

— Eh bien, l'un et l'autre refusent de se rencontrer avec vous et qui plus est, le milliardaire Américain ne donne aucune suite à certains projets de mariage entre sa fille et moi, projets qu'il nourrissait depuis longtemps et qui étaient bien près d'aboutir...

« Bref, nous sommes brouillés à mort, Melvil et moi...

« C'est d'autant plus regrettable que je comptais bien sur ce mariage pour me remettre complètement à flot...

— Il n'y aurait aucun moyen de raccommoder les choses ?...

— Aucun... Mon mariage est manqué et jamais je ne retournerai à Grancey...

— Ah ! du moment qu'il en est ainsi !... Mais le lieutenant Morinot ?... Y va-t-il lui, à Grancey ?

— Tous les jours... Il a quitté le château pour terminer sa convalescence à Rozans, chez son oncle, l'abbé Thomassin...

— Alors, pourquoi se rend-il tous les jours à Grancey ?

— Mon régisseur, Jamon, que vous connaissez bien, m'a appris que Walter Melvil s'éprenant d'aviation lui aussi, sur le tard, avait fait aménager à Grancey un atelier où Morinot pourrait travailler tout à son aise, au perfectionnement de certaine invention nouvelle qu'il avait, du reste,

adaptée déjà à l'appareil qui a causé son accident...

— Vous en êtes sûr ?

— Mais, c'est pour cela qu'il se rend tous les
jours au château... Il a même, à côté de l'atelier,
un bureau où il a fait tous ses dessins...

— Il est fâcheux que je n'aie pas pu faire la
connaissance du lieutenant... Aviateurs tous deux,
nous aurions été à même de faire ensemble certains travaux...

— Que voulez-vous que j'y fasse, puisqu'il n'a
voulu vous voir à aucun prix !... Mon mariage
raté me tient bien plus à cœur, je vous l'assure,
que tous vos aéroplanes...

« Enfin, il n'y a pas à y revenir... C'est fini,
c'est fini !...

— Cet atelier, c'est dans le parc même qu'il se
trouve ?

— A proximité du château, m'a dit Jamon...

— Et si j'allais, de mon chef, voir le lieutenant
Morinot et prendre de ses nouvelles, après l'accident qui lui est arrivé ?

— Il ne vous recevrait pas, soyez-en bien sûr...

— Un ours ?...

— Non... Mais un homme aux idées bien
arrêtées... Pour quelque raison que ce soit, il ne
veut pas vous voir, et vous ne le ferez certainement pas revenir sur sa décision...

— Ah ! c'est évident... Tout cela à cause de mon
nom... Il me prend pour un Allemand...

« Enfin, je vous remercie, M. de Mailly, de
m'avoir tenu au courant de ce qui s'est passé à

Grancey... Vous ne pouviez imposer ma présentation à M. Walter Melvil et au lieutenant Morinot...
« Merci, encore une fois...

Depuis que Roger avait recouvré ses forces, il profitait de l'offre gracieuse de Walter Melvil pour aller tous les jours travailler dans l'atelier mis par lui à sa disposition

L'Américain s'intéressait vivement à ce labeur incessant, bien que Morinot ne lui en donnât que quelques explications succinctes.

A Grancey, Roger avait aussi le plaisir de rencontrer Dolly avec qui il faisait de longues promenades dans le parc.

Mais elle ne négligeait point non plus l'abbé Thomassin qu'elle allait voir presque tous les jours et qui, avec Félicie, se montrait toujours heureux de ses visites.

Bien que l'Américaine fût d'une religion différente de celle de son neveu, le bon abbé s'était arrangé pour que le mariage eût lieu en son église, aux premiers jours d'octobre, un peu avant l'époque où Morinot, tout à fait remis, pourrait reprendre son service dans l'armée.

Il avait bien essayé de faire renoncer Dolly à sa religion, en embrassant celle de son mari, mais elle lui avait répondu bien sincèrement que jamais elle ne s'y résoudrait.

Elle était protestante et demeurerait protestante, de même que jamais elle ne chercherait à empêcher son mari de pratiquer sa propre religion.

Félicie, qui avait des principes, avait bien un peu grondé contre la huguenote, mais Dolly savait si bien se faire aimer de tous ceux qui l'approchaient que la vieille bonne finit, elle aussi, par pardonner à l'Américaine d'être une parpaillote...

Ce dont l'abbé Thomassin lui sut grand gré...

La vie s'écoulait fort paisible, aussi bien au presbytère qu'au château, quand soudain, un événement inattendu vint troubler toute cette quiétude.

Un matin que Melvil arrivait en compagnie de Roger, qu'il était allé chercher à la cure, après une promenade matinale, le père Blandin allant au-devant d'eux, sa casquette à la main, bien respectueusement, les arrêta en disant de sa voix chevrottante :

— Pardon, excuse, not' maît', mais faut que j'vous dise c'qui s'a passé à c'te nuit...

— Quoi donc ? demanda Melvil, surpris...

— C'est rapport à l'atelier de M. Morinot...

— Que s'est-il donc passé ? fit celui-ci un peu inquiet...

— Vous savez que j'suis d'garde la nuit, mon lieutenant...

— Oui... Eh bien ?...

— Il pouvait bien être dans les trois heures, trois heures et demie, quand j'ons entendu du bruit...

« J'ons l'sommeil léger et naturellement j'ons prêté l'oreille...

— Et qu'avez-vous entendu, père Blandin ?

— Distinctement qu'on essayait d'ouvrir la porte en faisant une pesée dessus...

— Allons donc ?... Vous êtes sûr que vous n'avez pas rêvé ?...

— Rêvé ?... Puisque j'vous dis qu'ça m'a réveillé...

— Qu'avez-vous fait ?

— J'ai crié de toutes mes forces : « Qui est là ?... »

— Que vous a-t-on répondu ?

— Rien... J'ai pris mon revolver, j'ai ouvert la porte et j'ai regardé au dehors...

— Qu'avez-vous vu ?

— La lune éclairait à ce moment, et bien distinctement j'ai pu apercevoir un homme qui s'enfuyait dans l'éloignement...

— Comment était-il ?

— Ah ! ça, je n'pourrions point vous l'dire, sauf toutefois qu'il devait être jeune, car il a détalé à une vitesse...

— Vous n'avez pas tiré dessus...

— Ma foi non... Il a disparu dans le bois...

— Dans quelle direction ?

— Par là... Du côté de « l'Yvette... »

— Vous en êtes bien sûr ? demanda Morinot...

— Oh ! y a point d'erreur... C'est par là, ajouta Blandin, en étendant le bras pour indiquer la direction.

« C'est quéque maraudeur, conclut-il à voix basse... Seulement qu'il y revienne pas, parce que ce coup-ci, je ne le manquerai pas !...

CHAPITRE XVII

Cette révélation du père Blandin était de la plus haute importance.

Il était donc évident, maintenant, que quelqu'un, sachant les travaux auxquels se livrait le lieutenant Morinot à Grancey, cherchait à les connaître, en volant les dessins et les plans.

Cela ne pouvait faire l'ombre d'un doute.

Un cambrioleur ordinaire ne se serait pas aventuré dans ce réduit et aurait essayé d'entrer au château pour voler des objets de valeur, de l'argent, des bijoux...

— Je crois savoir, fit Walter Melvil, en se tournant vers Morinot.

— Et moi, je sais, répliqua le lieutenant.

— Le comte Stoermer ?

— Ou quelqu'un payé par lui pour me voler mon invention...

— C'est aussi mon avis...

— Et que comptez-vous faire ?...

— Oh ! c'est bien simple... Cette tentative

d'effraction se renouvellera, soyez-en bien certain... Cette nuit peut-être... ou dans quelques
jours...

« Le père Blandin est absolument incapable de
l'empêcher, fût-il armé jusqu'aux dents...

« A partir de ce soir, c'est moi qui monterai
la garde et gare à celui qui chercherait à entrer,
je ne le raterai pas !

— Peut-être vaudrait-il mieux que vous ne de-
meuriez pas seul... Voulez-vous que je reste avec
vous ?

— Vous, Morinot ?... A peine remis de vos
blessures ?... Vous êtes fou !...

« Non, laissez-moi agir seul... Je vous certifie
que si le malandrin revient... Eh bien, il aura affaire à forte partie.

— Je ferai comme vous l'entendrez, monsieur
Melvil, mais ce que vous faites-là n'est pas prudent, croyez-moi...

— Mon ami, si vous aviez vécu comme moi,
dans nos terres perdues de l'Amérique, je vous
jure que vous ne parleriez pas ainsi...

— Et se retournant brusquement, il appela :

— Blandin !

— Monsieur Melvil ? fit l'autre en s'approchant...

— Ce soir... et les soirs suivants, c'est moi qui
serai de garde... Vous pourrez aller vous cou-
cher dans votre lit...

— Monsieur ne veut-il pas que quelqu'un reste
auprès de lui ?

— Personne.

Le ton sur lequel Walter Melvil parla fût tellement autoritaire, que le père Blandin, n'insistant pas, s'éloigna sans mot dire.

Le soir venu, comme Morinot venait d'achever son labeur, il dit encore à l'Américain :

— Alors, vous êtes bien décidé à ce que je ne reste pas en votre compagnie, ce soir ?...

— Absolument décidé, Roger... Venez demain, comme à l'habitude, et s'il y a du nouveau... eh bien, vous le verrez...

. . . .

Il y eut du nouveau, en effet. En pénétrant dans son atelier, Morinot put voir Walter Melvil, assis sur un fauteuil de rotin, profondément endormi, tandis qu'à terre, un corps humain gisait, solidement ligoté.

A plusieurs reprises, le lieutenant dut secouer l'Américain pour le faire sortir de sa torpeur, et quand l'autre fut tout à fait réveillé, il lui demanda :

— Eh bien ?

— Eh bien, voilà ! s'écria Walter Melvil en se frottant les yeux...

« Notre bonhomme est revenu à la charge, cette nuit... Seulement, il croyait encore n'avoir affaire qu'au vieux père Blandin...

« C'est là où il a fait erreur.

« Il est entré ici et sans rien demander, a pénétré dans votre bureau où il s'est emparé de tous vos dessins...

« Je l'ai laissé faire...

« Mais au moment où il s'apprêtait à sortir, au

lieu de l'abattre d'un coup de revolver, comme j'en avais le droit, puisqu'il s'était introduit chez moi...

— Qu'avez-vous fait ?

— Je l'ai pris au lasso... comme font nos cowboys... Oh ! il était loin de s'attendre à cette attaque et forcément il s'est laissé faire...

« Le voilà...

« Vous savez qui c'est ?

— Ma foi... non...

— Il désirait vous êtes présenté par le duc de Mailly... Laissez-moi faire.... la présentation : M. le comte Max Stoermer..., M. le lieutenant Morinot...

L'homme, à terre, réduit à l'impuissance par les liens qui le retenaient prisonnier, garda le silence, bien qu'il ne fût pas bâillonné, mais il lança sur ses deux adversaires un terrible regard de haine...

— Qu'allez-vous faire de lui ? demanda Morinot...

— Faire prévenir la gendarmerie et remettre entre les mains des autorités cet espion allemand qui voulait vous voler votre invention ayant trait à l'aviation militaire...

« Je vous répète que ses poches sont bourrées de vos dessins et de vos plans..

— Et si je vous demandais...

— Quoi donc ?

— De n'en rien faire...

— Pourquoi ?...

— A quoi cela aboutira-t-il ?... L'homme aura un certain nombre de mois de prison... Et puis ?... Il recommencera...

— Alors, vous voudriez ?...

— Que vous le remettiez en liberté...

« La leçon lui aura peut-être été bonne !...

— Mais c'est de la folie...

— Non... Je vous demande cela, au nom de miss Dolly... Reprenez les papiers qu'il m'a volés et chassez-le d'ici...

« Vous ne pouvez vraiment faire arrêter chez vous l'ami du duc Hubert de Mailly..

Quand les deux hommes eurent dégagé le prisonnier de ses liens, et après avoir enlevé de ses poches tous les documents volés, Walter Melvil s'écria :

— Monsieur le comte Max Stoermer, espion, cambrioleur, voleur, au besoin assassin, c'est au lieutenant français Roger Morinot que vous devez de n'être pas sous les verrous...

« Que je ne vous retrouve jamais sur mon chemin, ou bien, foi de Walter Melvil, cette fois, je ne vous épargnerai pas.

« Vous avez de la chance d'avoir affaire à un bon garçon qui va devenir mon gendre...

« Retournez à Mailly et dites cela de ma part au duc Hubert, votre ami...

« Cela lui fera certes plaisir !...

L'homme, tout meurtri encore, partit, l'échine courbée, en jetant de côté et d'autre un regard d'épouvante, mais de haine aussi...

— Eh bien, s'écria l'Américain, quand il l'eût vu disparaître au loin... Je vous avais bien dit, Morinot, que je n'avais besoin de personne pour faire la police chez moi !...

« J'ai beau avoir les cheveux blancs, je sais encore me débarrasser des malandrins qui se permettent d'entrer ici, sans y être invités...

. . . .

Le duc de Mailly fut tout surpris d'apprendre que son locataire de la ferme de « l'Yvette », son ami de cercle, le comte Max Stoermer, avait brusquement quitté le pays... sans laisser d'adresse...

Il le fut davantage encore, quand quelques mois plus tard, il sut que le même Max Stoermer avait été arrêté dans les Vosges, pris en flagrant délit d'espionnage.

Roger Morinot, promu capitaine et décoré de la Légion d'honneur, est parvenu à faire accepter son invention par le ministère de la guerre.

Devenu le mari de Dolly Melvil, il a fait don a l'aviation militaire de la moitié de la dot de sa femme, ainsi que l'avait stipulé son beau-père.

L'abbé Thomassin a procédé à la bénédiction nuptiale du jeune couple et continue à vivre bien tranquillement dans sa cure de Rozans, voisinant avec Walter Melvil, qui continue à avoir certains mouvements d'emportement quand l'abbé Thomassin refuse péremptoirement d'aller pêcher à la ligne avec lui, sport qu'il ne goûte nullement...

Quant à Félicie, elle se borne parfois à dire :

— Qui c'est qu'aurait cru ça, m'sieu le curé !... Et quand j'pense qu'tout ça est venu du jour qu'y nous volaient des pommes, là-bas, au fond d'not' verger !...

FIN

SCEAUX — IMP. CHARAIRE

www.ingramcontent.com/pod-product-compliance
Ingram Content Group UK Ltd.
Pitfield, Milton Keynes, MK11 3LW, UK
UKHW022357090726
13658UKWH00002B/686